소년과 늑대

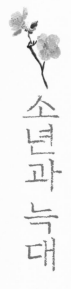

한국 전쟁 역사동화집

소년과 늑대

글 장경선 · 그림 최효은

구름바다

전쟁은 소중한 생명을 빼앗습니다

저는 뒹굴뒹굴 굴러다니며 책 읽기를 좋아합니다. 특별히 좋아하는 책은 역사책이지요. 그러다보니 현재를 살아가면서 자주 과거를 다녀옵니다. 100년 전 일제강점기 시대 경성(지금의 서울)으로 훌쩍 가서 대한독립만세를 부르다 오기도 하고, 일본의 핍박을 받았던 우리나라를 사랑한 일본인 소녀 '요코'(「꽃샘바람」)를 만나고 오기도 하지요.

이번에는 70년 전 남한과 북한이 서로 총부리를 겨누며 싸웠던, 한국전쟁의 시간을 다녀왔습니다. 1949년 12월 24일, 문경 석달 마을 사람들 대부분이 죽었습니다. 할아버지와 할머니, 아빠와 엄마, 어린이와 아가들이었죠(「늑대와 소년」). 1950년 8월에는 또 창녕읍 초막골에서 할아버지의 제사를 지내던 할머니와 삼촌이 죽었습니다(「내 동생 후정이」). 전쟁은 전쟁터에서만 일어난 게 아니었죠. 전쟁터가 아닌 평범한 사람들이 살고 있던 마을에서의 죽음이 더 많았습니다.

전쟁이 끝나고도 고향으로 돌아가지 못한 18살의 어린 영혼(「어린 군인」)과 전쟁 때 피난 나왔다가 영원히 고향으로 돌아가지 못한 연욱이네 할아버지도 있었습니다(「물망초」). 정전협정 이후에는 전쟁을 대비해야 한다며 들어선 미군 사격장의 훈련 소음으로 세 발 가진 송아지가 태어났고, 닭이 알을 낳지 못하게 되었습니다(「사격장 가는 길」). 1953년 7월 27일 정전협정을 맺었지만, 전쟁은 끝난 게 아니라 지금까지도 계속 되고 있었던 거지요.

오래 전, 배낭여행을 다녀온 적이 있어요. 그때 길에서 만난 푸른 눈의 여행자가 제게 물었죠.

"너, 어느 나라에서 왔니?"

"대한민국에서 왔단다."

"그렇구나. 넌 남쪽에서 온 거니, 북쪽에서 온 거니?"

그 순간 기분이 이상했습니다. '대한민국, Korea'라는 낱말 속에는 우리나라가 분단국가라는 사실과 여전히 전쟁 중이라는 사실이 담겨있었습니다. 우리는 이 사실을 기억하고 기억해야 합니다. 전쟁은 소중한 생명을 빼앗습니다. 전쟁은 슬픔과 고통과 분노를 가져옵니다. 하지만 평화는 상처 난 마음을 토닥토닥 어루만져 줍니다. 평화는 생명을 자라게 합니다.

평화의 마음을 담아 쓴 한국 전쟁 역사동화집『소년과 늑대』가 전쟁으로 억울하게 죽어간 죄 없는 영혼들에게 건네는 작은 위로가 되기를 바랍니다. 부디 국가의 책임 있는 반성과 보상, 억울하게 희생된 민간인들의 진상규명과 명예회복에 조금이나마 도움이 되길 바랍니다. 또한, 이 책이 어린이 여러분 가슴에 평화의 꽃씨로 심어지기를 희망합니다. 샬롬!*

2020년 12월
장경선

---

*샬롬: 히브리어로 '평화'라는 뜻.

차례

소년과 늑대

다시 12월 24일입니다. 71년 전 그날 나는 죽었습니다. 그날
은 기다리고 기다렸던 겨울 방학이었고, 크리스마스이브 날이
었습니다. 끔찍했던 그 일만 일어나지 않았다면, 나와 동네 아
이들은 저녁밥도 먹지 않고 교회로 달려갔을 겁니다. 늦은 밤
드리는 예배가 끝나면 합창과 연극공연을 했을 것이고, 공연
이 끝나면 맛있는 음식을 실컷 먹고 선물까지 받았을 테죠.

　내가 살았던 경상북도 문경읍 석달 마을 사람들은 400년
간 대대로 농사를 지으며 24채가 오순도순 모여 살았습니다.
읍내에서 큰 길을 따라가면 마을보다 오래 산 당산나무가 우
뚝 서 있는데, 당산나무를 바라보고 왼쪽 길로 죽 들어오면
바로 우리 마을이지요. 앞에도 산, 뒤에도 산, 산 산 산, 높은

산들이 병풍처럼 끝도 없이 이어졌습니다. 지금은 포도밭과 고추밭이 된 곳에 초가집이 옹기종기 모여 살았습니다. 물론 우리 집도 있었습니다.

*

"옛날에 양치기 소년이 살았어요. 양치기 소년은 말동무도 없이 날마다 양들과 지내는 시간이 몹시 따분했어요. 주위를 아무리 둘러보아도 늑대의 그림자라곤 보이지 않았지요.

'잠깐 마을에 갔다 올까?'

'그 사이 늑대가 나타날 걸?'

'심심해, 심심해, 심심해 죽을 것 같아.'

양치기 소년은 너무 심심해서 차라리 몽글몽글 피어난 구름이 되어 떠돌아다니는 게 훨씬 나을 것 같았어요.

'아! 바로 그거야.'

소년의 머릿속에 기막힌 생각이 떠올랐어요.

'늑대가 나타났다!'

"늑대가 나타났다!"

목사님 목소리가 어찌나 큰지 홍철이 같은 조무래기들은 엄마야, 소리치며 기겁을 했습니다. 목사님이 손톱을 세우고 흰 이를 드러낸 채 쭉 찢어진 가자미눈으로 으르렁거릴 때마다 으아악, 비명을 내지르며 벌벌 떨었습니다. 어이가 없네. 저게 뭐가 무섭다고, 조무래기들. 헛웃음만 피식피식 새어나왔습니다.

"올해는 성탄절에 '양치기 소년과 늑대'로 연극을 하려는데 괜찮으냐?"

"네."

"그럼, 배역을 정해볼까? 양치기 소년은 누가 맡으면 좋겠니?"

목사님이 우리들을 두루두루 살피며 물었습니다.

"저요, 저요."

나서기 좋아하는 홍철이가 손을 번쩍 들고 설쳤습니다.

"홍철이가 양치기 소년을 맡으면, 홍식이가 늑대를 맡는 건 어떠냐?"

"전···, 그냥······."

"둘이 한 집에 사니까 연습하기도 좋겠구나."

목사님 말씀에 어쩔 수 없이 늑대를 맡게 되었습니다. 다른 아이들도 양이나 염소, 동네 아저씨나 아줌마를 하나씩 모두 맡았습니다.

배역이 정해지자 대본 연습이 시작됐습니다.

"홍철아, 목청껏 외쳐 보아라. 그렇게 콩 알 만하게 외쳤다간 마을 사람들이 오기도 전에 양들이 다 잡아먹히겠다. 늑대가 진짜 나타난 것처럼 소리를 버럭 질러라. 늑대가 나타났다!"

쩌렁쩌렁한 목사님 목소리에 성전이 떠나갈 것 같습니다.

"자, 배에다 힘껏 힘을 주고, 큰소리로!"

"늑대가 나타났다!"

"그래, 그렇지. 잘 한다."

목사님 칭찬에 홍철이 어깨가 쑤욱 올라갔습니다. 그런 홍철이가 얄미워 진짜로 잡아먹을 듯이 으르렁거렸습니다.

"애들아, 오늘은 여기까지 하자. 홍철이와 홍식이는 집에서 연습 많이 해라."

목사님 얘기에 우리들은 큰소리로 대답하고 집에 갈 채비를 서둘렀습니다. 홍철이와 조무래기들이 쪼르르 밖으로 나간 사이, 나는 뒷정리하는 목사님을 거들었습니다.

"형아, 아부지가 빨리 나오래. 눈 온대."

"아부지가 오셨다고?"

"오늘이 장날이다."

부랴부랴 밖으로 나가자 조무래기들은 벌써 아버지들 지게에 올라탄 채 출발을 기다리고 있었습니다. 한바탕 눈이라도 쏟아낼 듯 잿빛 하늘이 잔뜩 내려앉았습니다.

"눈 오기 전에 서둘러야겠다."

지게를 멘 아버지와 어른들이 성큼성큼 걸음을 옮겼습니다.

문경 읍내에 있는 교회에서 마을까지 가려면 3시간을 쉬지 않고 걸어야 합니다. 아직은 오후 3시라 환하지만 마을에 도착하기도 전에 해가 져서 컴컴해질 겁니다. 한낮에도 호랑이가 나타날 만큼 산세가 험한 탓에 석달 마을 사람들은 늘

모여 다닙니다.

"아부지, 크리스마스이브 때 연극 보러 꼭 오실거지요? 제가 주인공 맡았어요."

"주인공을 맡았다고? 당연히 가야지."

"형은 나쁜 늑대라요."

"늑대보다 거짓말쟁이가 더 나쁜 거 모르나."

난 홍철이를 쫙 째려보며 불퉁스레 말했습니다.

"양을 잡아먹는 늑대가 더더 나쁘다."

홍철이가 되받아쳤습니다.

"늑대가 나타났다고 거짓말 친 게 더더더 나쁜 거거든. 거짓말쟁이야."

"거짓말쟁이 아니다."

"거짓말쟁이거든."

"거짓말쟁이 아니야."

홍철이가 바락바락 악을 써댔습니다. 아버지가 그만 싸우라고 말리는 바람에 나는 입을 꾹 다물었습니다. 붉으락푸르락 울상인 홍철이 얼굴을 보자 한 방 먹인 것 같아 고소했습니다.

＊

　한 달 넘게 남았던 성탄이 내일로 성큼 다가왔습니다. 오늘은 드디어 기다리고 기다렸던 크리스마스이브 날이고, 겨울 방학식입니다.

　"빨랑 빨랑 싸! 나 먼저 간다아."

　"쫌만 기다려줘어어…, 끄으응."

　"빨랑 빨랑." 오늘 같은 날 똥 싸느라 늦장을 부리는 홍철이가 얄미워 죽겠습니다.

　"나 먼저 간다."

　"같이 가아아아."

　"너 때문에 방학식도 늦겠다. 나, 먼저 간다."

　"다 눴어으으응."

　홍철이가 엉덩이에다 힘을 주는지 끙끙거렸습니다.

　"다 눴다."

　"빨리 나와."

　바지춤을 올리며 나오는 홍철이를 흘겨보며 후다닥 달음질을 쳤습니다. 같이 가자고 징징거리며 홍철이가 쫓아왔습니다.

16

당산나무 앞에서 발을 동동 구르며 기다리던 아이들이 나와 홍철이를 보고는 잰걸음을 쳤습니다. 씨이잉- 씨이잉-, 털모자에 목도리를 친친 휘감았는데도 찬바람은 어찌나 힘이 센지 온 몸이 덜덜 떨렸습니다. 맞바람까지 불어 한 발 한 발 앞으로 나가기 힘든 두 다리가 주춤댑니다. 군데군데 얼어붙은 빙판길에 꽈당 넘어지기도 합니다. 이런 칼바람이 여름에 불면 좋을 텐데요. 홍철이 코끝이 새빨간 게 루돌프 사슴코를 닮았습니다.

"홍철아, 내 뒤에 와서 붙어라."

홍철이가 등 뒤에 찰싹 달라붙었습니다.

"형아도 춥지?"

"너보다 크니까 덜 춥다."

"형은 오늘 밤에 무슨 선물 받고 싶은데?"

"너는?"

"쪼꼬레토(초콜릿), 사탕, 빵."

홍철이가 군침을 꼴깍꼴깍 삼키며 말했습니다. 내 입에서도 사르르 군침이 돌았습니다.

"아직도 여기라? 거북이보다 더 늦네."

"학교 늦는대이. 싸게 싸게(빨리 빨리) 가거라."

지게에 쌀가마를 진 아버지와 어른들이 뒤따라오며 으름장을 놓았습니다. 어른들은 동회(동사무소, 인근에 4개의 마을이 있는데, 이중 가장 큰 마을인 원동 동사무소)로 가마니를 내려가는 길입니다. 읍내에 새로 지을 문경중학교를 위해 집집마다 벼 한 말씩을 내기로 했기 때문입니다. 문경중학교가 지어지면 멀리까지 다니지 않아서 정말 좋습니다.

막 뛰어서 도착한 운동장은 겨울바람과 아이들이 부리는 해찰로 떠들썩했습니다. 홍철이는 동무들을 따라 그네 쪽으로 달려갔습니다. 나는 교실로 들어왔습니다. 난로에 장작불이 타고 있어 교실은 후끈했습니다. 여자애들은 크리스마스 이브 얘기로 잔뜩 들떠 있고, 남자애들은 썰매 얘기로 신이 났습니다.

"홍식아, 방학식 끝나고 교문 앞 내리막길에서 썰매 탈건데, 같이 타자."

"집에 갔다가, 교회 가야 하는데 안 늦을까?"

"빨리 타고 가면 된다. 시합 할 건데, 니(네)가 빠지면 재미없잖아."

"딱 한 판만 하는 거다."

내 애기에 동무들이 헤벌쭉 웃었습니다.

드르륵, 앞문이 열리더니 담임인 최상구 선생님이 들어오셨습니다.

"애들아, 방학식 하러 운동장으로 나가자. 추우니까 옷 단디(단단히) 묶고."

선생님 말씀이 끝나기 무섭게 동무들은 우당탕탕 교실을 빠져나갔습니다. 1학년부터 6학년까지 모두 줄을 맞춰 운동장에 섰습니다. 선생님들도 각 학년 앞에 섰습니다. 조금 기다리자 교장 선생님께서 단상 위로 올라가 섰습니다. 국기에 대한 경례를 하고, 애국가를 부르고, 묵념을 했습니다. 그런 뒤 느릿느릿 거북이보다 더 느린 교장 선생님 말씀을 들었습니다.

'오늘은 제발 짧게 하시지.' 하고 생각했습니다. '아, 추워.' 교장 선생님 말씀은 끝도 없이 이어졌습니다. 휘이익– 휘이익– 쌩, 찬바람이 교장 선생님 머리카락을 휙 날렸습니다. 교장선생님의 엄청 넓은 대머리가 훌러덩 드러났습니다.

"교장 선생님 대머리가 더 넓어졌다."

"대머리가 태평양보다 더 넓다."

"바람아, 불어라."

"바람아, 불어라. 더 세게 불어라."

동무들이 낄낄거렸습니다.

바람은 교장 선생님 머리카락이 마음에 쏙 들었는지 해찰 부리기를 멈추지 않았습니다. 그 바람에 널뛰는 머리카락으로 대머리를 가리느라 교장 선생님 손은 몹시 바빴습니다. 한참이 지나서야 하품 나는 이야기가 끝났습니다. 온 몸이 뻣뻣이 굳어 고드름이 된 것 같았습니다.

드디어 '상장 수여식'이 시작되었습니다.

"우등상 김홍식 외 5명, 대표로 김홍식 학생은 앞으로 나오세요."

나는 앞으로 뛰어나갔습니다.

"개근상 김홍식 외 58명, 대표로 김홍식 학생은 앞으로 나오세요."

나는 다시 앞으로 뛰어나갔습니다.

"그림 그리기 최우수상, 김홍식."

나는 또 앞으로 뛰어나갔습니다. 나는 1학년부터 6학년까지 우등상을 놓친 적이 한 번도 없었습니다. 엄마와 아버지는 내가 상장 받아오는 걸 좋아했습니다. 특히 공부를 잘 하는 사람만 받는 우등상을 가장 마음에 들어 하셨습니다. 우등상을 손에 든 엄마는 내가 대통령이든 장군이든 꼭 훌륭한 사람이 될 거라며 자신했습니다.

상장 수여식과 담임 선생님 말씀이 끝나자 드디어 겨울방학이 시작되었습니다. 우리 마을 아이들은 교문 앞에서 모여 함께 집으로 돌아갔습니다. 개근상만 받은 홍철이는 시무룩했습니다.

"나랑 공부할 때 열심히 좀 하지. 만날 놀 생각만 하더니, 잘 됐다. 또 꼴찌지?"

엄마에게 받을 잔소리 때문에 벌써부터 머리가 지끈지끈거리는 모양입니다. 뒤에서 바람이 밀어주니 산등성이를 오르는 길이 한결 수월합니다. 뛰며 걷는 사이 마을 가까이 왔습니다. 마을 쪽에서 시커먼 연기 기둥이 치솟아 올랐습니다. 낟가리를 태우는 모양입니다.

"불이다!"

"불구경 가자."

우리들은 신이 나서 산마루를 단숨에 내달렸습니다. 검붉은 연기가 어찌나 지독한지 해까지 가려 세상이 어둑어둑합니다. 길도 누르스름하게 변했습니다.

＊

탕탕탕- 탕탕탕탕탕-, 갑자기 총소리가 들려왔습니다. 우리들은 두 손을 머리에 올린 채 길바닥에 납작 엎드렸습니다. 무장공비가 나타나면 이렇게 하라고 교육을 받았습니다.

"여기도 있습니다."

완전무장을 한 군인 2명이 우리를 향해 총을 겨눈 채 다가왔습니다. 정말 무장공비라도 나타난 걸까요? 군인을 보자 벌렁거렸던 마음이 조금씩 가라앉았습니다.

"무슨 일이라요?"

"바닥에 엎드려. 꼼짝하지 마라!"

화가 몹시 난 군인이 눈을 부라리며 명령을 내렸습니다. 몹시 날카롭습니다.

"무 무슨 일이라요?"

나는 다시 한 번 용기를 내어 물었습니다.

"시끄러. 이 놈들도 마을로 끌고 가!"

우리가 뭘 잘못했는지 모르겠지만 화가 단단히 난 군인이 너무 무서워 입을 꾹 다물었습니다. 나는 홍철이 손을 꼭 잡았습니다.

군인들은 우리들을 마을 앞으로 데려갔습니다. 거기에는 아침에 쌀가마를 지고 갔던 아버지와 어른들이 쪼그리고 앉은 채 불타는 마을을 안타깝게 바라보았습니다.

"아부지, 아부지."

홍철이가 아버지에게 달려갔습니다. 나도 아버지 옆으로 갔습니다. 아버지가 나와 홍철이를 두 팔에 힘을 주어 껴안았습니다.

그런데 이게 어떻게 된 걸까요? 가까이에서 보니 논에 세워둔 낟가리가 불타는 게 아니라 초가집이 활활 타고 있었습니다. 논에는 동네 사람들이 잔뜩 모여 있었습니다. 막내를 업은 엄마도 보였습니다. 큰형님도 보이고 할아버지와 할머니들도 몸을 옹송그린 채 서 있었습니다. 군인들은 그런 사람들을 향해 총을 겨누었습니다.

그때 군인대장 쯤 되는 목소리가 들려왔습니다.

"너희들은 빨갱이다!"

"우린 빨갱이가 아니라요, 절대 아니라요."

"군인들이 왔는데도 내다보지도 않았다."

"추워서 문 닫고 있느라 몰랐습니다."

"거짓말 마라. 빨갱이들이라 우리들이 온 게 싫었던 거다."

"아니라요, 아니라요."

마을 사람들이 손사래를 쳤습니다.

"빨갱이는 모두 죽어야 한다."

탕탕탕- 탕탕탕-, 군인들이 논에 서 있는 사람들을 향해, 엄마를 향해, 막내를 향해 총을 쏘았습니다. 아버지와 어른들이 벌떡벌떡 일어서자 군인들이 군홧발로 차며 무릎을 꿇렸습니다. 우리 모두는 한 발짝도 움직일 수 없었습니다.

다시 군인대장이 소리쳤습니다.

"살아있는 사람은 일어나라! 살려 줄 테니 어서 일어나라!"

논바닥에 쓰러져있던 사람들이 하나 둘 비척비척 일어섰습니다. 다행히 막내를 업은 엄마도 일어섰습니다. 막내는 어디가 아픈지 몹시 울었습니다. 울음소리 때문에 기분이 나빠져 살려준다는 생각이 변할까봐 가슴이 조마조마했습니다. '홍기야, 울지 마. 제발 울지 마.'하고 간절히 빌었습니다.

"다 일어났는가?"

"네."

"쏴라!"

일어서면 살려준다더니 새빨간 거짓말이었습니다. 군인들

이 서 있는 사람들에게 총을 쏘았습니다. 엄마가 다시 푹석 쓰러졌습니다. 자지러지게 울던 홍기 울음소리가 뚝 멎었습니다.

"아부지, 엄마가 죽었어요."

나는 울면서 아버지에게 말했습니다. 아버지도 울고 있었습니다. 아버지가 우는 걸 처음 봐서 더 무서웠습니다. 그때 갑자기 아버지가 큰소리로 말했습니다.

"제가 이 동네 반장인데 무슨 일로 이러는지 알고나 죽읍시다."

"이 빨갱이 새끼, 닥쳐."

군인이 들고 있던 총으로 아버지 어깨를 쳤습니다. 으윽, 아버지가 신음소리를 내며 쓰러졌습니다. 나와 홍철이는 쓰러진 아버지를 붙잡고 울었습니다. 몸을 일으킨 아버지가 애원했습니다.

"뭔가 잘못 알고 찾아오신 것 같아요. 다른 동네에 가서 우리 마을 사정을 자세히 확인해 보면 알듯이 우리는 절대 빨갱이가 아니라요."

"빨갱이 새끼!"

"나라를 지키는 군인이 국민을 함부로 죽여도 돼요? 이게 무슨 나라라요?"

탕, 탕탕! 아버지가 쓰러지고 나는 홍철이 몸 위로 쓰러졌습니다. 다행히 총알이 우리를 비켜갔습니다.

"형, 숨 막힌다."

"쉿! 입 다물어. 죽은 척 해."

홍철이는 내 몸을 밀쳐내며 발버둥을 쳐댔습니다.

"빨갱이 새끼들은 다 죽어라! 한 놈이라도 살아남으면 안 된다."

다시 콩 볶는 소리가 났습니다. 그 순간, 차가운 총알 하나가 내 몸을 뚫고 지나갔습니다.

"다 죽었는지 확인해 봐."

홍철이가 내 몸 밖으로 나올까 봐 나는 더 힘을 주어 홍철이를 눌렀습니다. 홍철이는 답답하다며 자꾸 내 몸을 밀쳐냈습니다.

"다 죽었습니다."

"돌아가자!"

저벅 저벅 저벅 저벅, 군화 소리가 멀어졌습니다.

"경철아, 아이고 경철아…….."

온 몸이 피투성이가 된 경철이네 엄마가 죽은 경철이를 안고 울었습니다.

'*아줌마, 우리 홍철이가 살아있어요. 어서 홍철이를 구해주세요, 어서요.*'

나는 경철이네 엄마 귀에 대고 속삭였습니다.

"으으으……."

경철이네 엄마는 홍철이가 내뱉는 신음소리를 들었습니다. 축 늘어진 내 몸 밑에 깔려있던 홍철이를 찾아냈습니다.

우리 가족은 홍철이 혼자 살아남았습니다. 온 마을이 모두 불타버렸고, 120여명이었던 마을 사람은 33명만 겨우 살아남았습니다. 우리 마을 소식을 들은 외할머니가 달려왔습니다. 외할머니가 홍철이를 안고 꺼이꺼이 울었습니다. 그러나 홍철이는 울지도 웃지도 않았습니다. 그저 엄마 잃은 강아지마냥 두 눈만 슴벅슴벅했습니다.

홍철이는 외할머니를 따라 외가댁으로 갔습니다.

"아이고 내 새끼, 얼매나 가슴이 아프면 울지도 못 하노?

울그라, 울그라, 울어도 된다."

"……."

"우리 강아지, 우리 강아지, 우째 사노……."

할머니가 홍철이 대신 목 놓아 울었습니다.

"죽이라도 먹자."

할머니가 홍철이를 눕히고는 방에서 나갔습니다. 홍철이는 천장만 멀뚱멀뚱 바라보았습니다. 나는 홍철이 옆으로 가누웠습니다. 그때 홍철이 말소리가 들렸습니다.

"형, 미안해."

'홍철아, 미안할 거 없어.'

"날 살리고 형이 죽었잖아."

홍철이가 손바닥을 비벼댔습니다. 그러더니 두 손으로 귀를 막으며 소리쳤습니다.

"형, 홍기가 울고 있어. 홍기 울음소리가 들려."

내 귀에도 아가 울음소리가 들려왔습니다. 어찌나 슬피 우는지 내 가슴이 찢어지도록 아팠습니다.

나는 부리나케 날아올라 엄마가 쓰러졌던 논으로 갔습니다. 논에는 아무도 없었습니다. 그런데 이 울음소리는 도대체 어디서 들리는 걸까요. 난 귀를 기울이며 울음소리를 따

라갔습니다. 어느새 읍내에서 가장 오래된 커다란 교회까지
오게 되었습니다.

"고요한 밤, 거룩한 밤……."

성전 안에서는 아름다운 노랫소리가 울려 퍼졌습니다. 성
전 안으로 들어가자 아가 울음소리는 더 커졌습니다. 아가가
이리 슬피 우는데도 노래를 부른다는 게 신기했습니다. 노래
를 부르는 사람들은 모두 행복해보였습니다. 나는 두 손으로
귀를 막은 채 앞으로 날아갔습니다.

"으아앙, 으아앙."

성전 앞 초라한 말구유에 누워있는 아가가 닭똥 같은 눈물
을 흘리며 울었습니다.

"*아가야, 왜 우니?*"

"*죄 없는 사람들이 죽었어.*"

"*너도 알고 있었구나. 우리 엄마와 아부지가 죽었어.*"

"*내가 아무리 울어도 이 사람들은 내 울음소리를 듣지 못
해. 사람들이 죽었다고, 어서 가서 구하라고 말하고 싶은데
아무도 듣지 않아.*"

아가가 다시 큰소리로 울었습니다. 나는 아가의 눈물을 닦
아주며 물었습니다.

"아가야, 우리 홍철이는 네 울음소리를 들었어."

"내 울음소리는 맑은 영혼들만 들을 수 있어."

"너, 우리 홍철이를 지켜줄 수 있어?"

"홍철이 걱정은 하지 마. 오늘 일을 세상에 알릴 사람이 홍철이니까."

"안 돼! 우리 홍철이에게 그런 무거운 짐을 지워선 안 돼."

나는 고개를 흔들며 소리쳤습니다. 혹시 사람들이 들었을까봐 주위를 두리번거렸지만 사람들은 활짝 웃는 얼굴로 노래만 불렀습니다.

"우리 홍철이는 편히 쉬어야 해."

"홍철이는 앞으로 화나고 억울한 일을 당할 거야."

아가 대답에 내 마음이 너무 아팠습니다. 그래서 나는 엄마와 아버지 곁으로 돌아가는 대신 홍철이 곁에 남기로 결심했습니다.

*

1950년 새해가 밝았습니다. 크르릉- 크르릉, 장갑차 소리에 천지가 부르르 몸을 떨었습니다. 석달 마을에서 살아남은 33명과 선암리 마을 주민들에게 김룡국민학교로 모이라는 소식이 날아든 건 며칠 전이었습니다.

"홍철아, 장갑차를 스무 대나 앞세우고 서울서 장관이 내려왔단다."

"으아아아."

"홍철아, 잘못했다고 빌러왔단다."

"으아아아아."

홍철이는 이불을 뒤집어 쓴 채 바들바들 떨었습니다.

"여기 김홍철이가 사는 집 맞습니까? 김홍철이요?"

군인과 경찰이 홍철이 이름을 부르며 성큼성큼 마당으로 들어섰습니다.

"경찰서에서 나왔습니다."

"경찰이 무슨 일로 왔어요?"

할머니가 밖으로 나가며 물었습니다.

"김홍철이를 꼭 데려오라는 경찰서장님 명령이 있어서 왔습니다."

"우리 홍철이가 많이 아파서 못 갑니더. 부모형제 다 잃어뿌리고 성할 리가 있겠습니까."

"서울서 국방장관님이 내려오셔서 꼭 참석해야 합니다."

"아(아이)가 아픈데, 우째(어떻게) 딜고(데리고) 가요? 못 가요."

"안 됩니다. 반드시 데리고 가야 합니다."

경찰이 방으로 들어와 이불을 확 들췄습니다. 벌벌벌 떨고 있는 홍철이를 안고 밖으로 나갔습니다. 홍철이가 소리치고, 할머니가 안 된다고 소리쳐도 경찰은 들은 척도 안했습니다.

김룡국민학교 운동장에는 석달 마을에서 가족을 잃은 주민들이 따로 모여 있었습니다. 근처에 있는 다른 동네 주민들도 왔습니다. 맨 앞에 서 있는 홍철이는 할머니 손을 꼭 잡았는데도 부들부들 떨었습니다. 금테 안경을 쓴 경찰서장과 교장선생님이 홍철이와 할머니 앞으로 다가왔습니다.

"국방 장관님이 석달 마을에서 생긴 일 때문에 서울서 먼 거리를 오셨습니다. 만약 장관님께서 석달 마을에 대해 물으면 아무 것도 모른다고만 대답하면 됩니다. 알겠습니까?"

"왜요?"

"아무 것도 모른다고 대답하는 게 제일 좋습니다. 알겠습니까?"

"다 아는데 거짓말을 하면 됩니까?"

"나중을 위해서도 그게 좋습니다. 알겠어요?"

"..."

할머니는 대답하지 않았습니다.

경찰 서장이 홍철이 손을 잡았습니다.

"홍철아, 내가 국방 장관님께 말씀드려서 너를 서울로 데려가 공부하도록 부탁드려 놨다. 국방장관님이 가자고 하면 아무 소리 말고 따라가거라."

"......."

"이렇게 좋은 기회는 절대 오지 않아. 넌 행운아다."

경찰 서장과 교장 선생님은 얼굴 가득 미소를 지어보였습니다.

크르릉- 크르릉, 장갑차 소리에 운동장이 뒤흔들렸습니다.

"국방 장관님이시다!"

경찰들이 교문 쪽을 향해 차렷 자세를 했습니다. 자동차가 들어서고 그 뒤를 장갑차가 줄줄이 운동장으로 들어왔습니다. 20대가 넘는 장갑차가 일렬로 섰습니다. 군인들도 일렬로 섰습니다.

"으아아아."

"홍철아, 괜찮다, 괜찮다."

할머니가 홍철이 손을 꼭 잡았습니다. 마을 어른들도 무서운지 서로서로 손을 잡았습니다. 그 사이 국방 장관이 연단으로 올라갔습니다.

"친애하는 여러분, 해방 후 우리나라에 이런 사건이 자주 일어나서 무척 슬픕니다……."

국방장관이 눈물을 닦았습니다.

"이 추위에 집도 없이…, 죄송합니다. 제가 너무 마음이 아파서."

다시 눈물을 닦았습니다.

"국방장관님께서 여러분들 위해 한 사람 앞으로 1만 6천 원씩 드리겠다고 합니다. 그리고 집을 짓고 사시라고 돈 1백만 원을 내 놓았습니다. 모두 감사의 뜻으로 박수를 쳐 드립시다."

경찰 서장이 박수를 치자, 경찰과 군인들이 따라서 박수를 쳤습니다. 국방장관은 기다렸다는 듯이 다시 말을 이었습니다.

"여러분, 얼마나 마음이 아프십니까? 이 모든 일이 국가를 위한 일이라 생각하시면 마음이 좀 편안해질 겁니다. 여러분은 참으로 장한 일을 하셨습니다. 바로 애국자십니다. 요즘 북쪽에서 호시탐탐 남쪽으로 쳐들어 올 기회를 엿보고 있습니다. 이럴 때일수록 우리는 한 마음으로 뭉쳐야 합니다. 북쪽에서 쳐들어오면 우리는 모두 죽습니다. 우리들이 할 일은 오직 빨갱이를 잡아 없애는 일입니다. 그것이 우리가 국가를 위하는 일입니다. 감사합니다."

연설을 마친 국방장관님이 연단에서 내려왔습니다. 잘못했다는 말은 한 마디도 하지 않았습니다.

사람을 죽였으면 머리가 땅에 닿도록 용서를 빌어야 합니다. 나도 아는 일을 장관님이 왜 모르실까요. 아니면 모른 척 시치미를 떼는 걸까요? 교장 선생님이 국방장관에게 알려주려나 봅니다. 국방장관 귀에다 대고 말했습니다.

국방장관이 홍철이 앞으로 걸어왔습니다. 홍철이가 뒤로 주춤주춤 물러나자 경찰관이 홍철이를 꽉 붙잡았습니다. 홍철이 앞에 무릎을 꿇을 모양입니다.

"애야, 나랑 서울 갈 테냐?"

"……."

"대학 졸업 할 때까지 서울에서 데리고 살겠으니 따라가자."

"으아아아."

홍철이가 머리를 흔들며 소리쳤습니다.

"그래그래 알았다. 언제든지 마음이 바뀌거든 연락해라.

내가 너를 대학까지 보내 줄 테니."

국방장관이 서 있는 곳으로 자동차가 다가왔습니다. 옆에
서 있던 경찰서장이 자동차 문을 열었습니다.

'잘못했다고 빌어야지!'

나는 소리쳤습니다.

"잘못했다고 빌어야지!"

홍철이가 나를 따라 소리쳤습니다. 차를 타려던 국방장관
이 뒤돌아서서 물었습니다.

"뭘 말이냐?"

"우리 엄마랑 아부지랑 막내를 죽였잖아!"

"내가? 애야, 난 아니란다."

"나쁜 어른!"

"쯧쯧쯧, 빨갱이로군."

국방장관이 차에 올라타며 아무도 듣지 못하게 혼잣말로
중얼거렸습니다. 국방장관을 태운 자동차는 쏜살같이 운동장
을 빠져나갔습니다. 그 뒤를 경찰 서장과 교장 선생님과 군인
들이 줄줄이 따라갔습니다. 크르릉- 크르릉, 장갑차가 운동
장을 떠났습니다. 군인과 경찰들도 운동장을 떠났습니다.

'늑대가 나타났다. 늑대가 나타났다.'

나는 목이 터져라 외쳤습니다.

"늑대가 나타났다. 늑대가 나타났다."

홍철이도 목이 터져라 외쳤습니다.

내
동생
후정이

"후정이 이년!"

오늘도 어김없이 할머니는 후정이를 쥐 잡듯 잡고 있다.

"어디 할 짓이 없어서 굴뚝 재를 귀남이 얼굴에다 문지르노."

얼굴에 굴뚝 재를 뒤집어쓴 귀남이가 까만 눈물과 콧물을 흘리며 꺼이꺼이 울었다.

"할매, 나 얼굴 아프다."

"오냐오냐, 우리 귀남이. 얼른 씻자."

할머니가 움켜 쥔 부지깽이를 후정이를 향해 냅다 던졌다. 보란 듯이 후정이가 삽짝을 향해 후다닥 도망쳤다.

해방이 된 이듬해, 집을 나갔던 고모가 남산만 한 배를 하고서 우리 집으로 돌아왔다. 마치 약속이라도 한 듯 엄마와 같은 날 몸을 풀었는데, 고모는 깜둥이 아기를 낳았다. 그게 바로 후정이었다. 고모는 후정이를 낳은 뒤 몰래 도망가 버렸다. 그 바람에 후정이는 우리 아버지 호적에 올라 내 친동생이 되었다. 할머니는 성주 이씨 집안 망신을 고모가 다 시켰다며, 그 분풀이를 후정이에게 퍼부어댔다.

쌔애앵, 전투기 네 대가 노을 진 하늘을 날았다. 귀청이 떨어져 나갈 것 같다. 나는 깍지 낀 손을 뒤통수에 얹고 팔로는 귀를 막은 채 땅바닥에 쪼그려 앉았다. 전투기가 날 때는 무조건 이렇게 하는 게 사는 방법이라고 아버지가 알려 줬다. 전투기가 지나간 자리에 하얀 선이 그어졌다.

전투기가 멀리 사라지자 공터를 향해 달음질을 쳤다. 여자 아이들은 공기놀이를 하고, 남자아이들은 자치기를 하며 놀고 있었다. 후정이가 그 틈에 끼어 깨방정을 떨었다. 방앗간 문이 열려 있는 걸 보니 누가 와서 방아를 찧는 모양이었다. 총알구멍이 숭숭 뚫린 틈으로 언니들이 보였다. 피난 갔다가 돌아와 보니 방앗간도 학교도 우리 집 담장도 폭삭 무너져 있었다. 언니들은 외다리방아를 찧는 일보다 수다 떨기에 더 바빠 보였다.

"휘이익!"

멈춰 선 트럭에서 흑인 군인이 휘파람을 불며 내렸다. 사탕 한 움큼을 움켜쥔 주먹을 마구 흔들었다. 놀던 아이들이 트럭을 향해 우르르 달려갔다. 나도 뛰어갔다. 후정이처럼 까만 얼굴이 웃으니까 새하얀 이가 도드라졌다. 기다렸다는 듯 휘익 사탕을 뿌렸다. 우리들은 사탕을 향해 달려들었다.

"후정이 아부진가 보다."

사탕 한 알을 입에 문 덕수가 말했다. 후정이가 흑인 군인을 빤히 바라보았다. 흑인 군인도 후정이를 보며 뭐라 뭐라 쌀라쌀라 말을 걸었다. 정말 후정이네 아버지일까? 후정이를 찾아 여기까지 왔다는 건지 도대체 알아들을 수 없었다.

"후정아, 아부지 해 봐라."

"우리 아부지 아니다."

"너랑 똑 같은데 뭐. 입술이 발라당 뒤집힌 것도 똑 같다. 너네 아부지다. '아부지'하고 불러봐라."

덕수가 트럭 쪽으로 후정이를 떠밀었다. 그걸 본 흑인 군인이 후정이를 향해 성큼성큼 다가왔다. 후정이를 데려가려는 걸까? 나는 얼른 후정이 손을 잡았다. 마침내 나와 후정이 앞에 선 흑인군인이 들고 있던 초콜릿과 사탕 봉지를 통째로 후정이 품에 안겼다. 영어로 무슨 말을 하면서 후정이 머리를 쓰다듬었다. '나랑 같이 가자.'는 말처럼 들려 후정이 손을 꽉 잡았다. 여차 하면 냅다 뛸 요량이었다.

그런데 흑인 군인이 혼자서 트럭으로 돌아갔다. 손을 한번 흔들어보이고는 트럭에 올라탔다. 트럭은 그대로 내달렸다. 후정이는 굴다리 속으로 빨려 들어가듯 사라져버린 트럭을 하염없이 바라보았다.

"깜둥이 건데 괜찮을까? 이거 먹으면 우리도 후정이처럼 까매지는 건 아니겠지?"

"코쟁이 마이꼴이 준 거랑 똑같으니까 괘않다. 나는 벌써 먹고 있는데 아무렇지도 안타"

덕수 얘기에 아이들이 조심조심 껍질을 까 사탕을 입에 넣었다.

"언니야, 깜둥이가 우리 아부지가 맞나?"

"와? 아부지면 따라 갈라꼬?"

"나맨키로 새까맣더라."

"집에나 가자."

난 후정이 팔을 끌었다.

"할매는 내가 까매서 싫은 기다. 내 말이 맞제?"

"내가 우애(어떻게) 아노."

"내는 다 안다."

"장대비를 맞으면 까만 때가 홀라당 벗겨진다는 것도 아나?"

"언니야, 그게 참말이가?"

후정이 얼굴이 단박에 환해졌다. 흑인 군인이 준 사탕을 오도독오도독 깨물어 먹었다.

얼마나 잤을까, 빗소리가 요란해서 지붕이 무너져 내릴 것 같았다. 무서웠다. 하필이면 이럴 때 오줌이 마려울 건 뭐람. 참으려니 잠은 오지 않고 오줌보가 터질 것 같았다. 더듬더듬 벽을 짚으며 마루로 나왔다.

"으으으."

마당에서 이상한 소리가 났다.

"거, 거기 누구라요?"

"언니야, 나 후정이다."

"거기서 뭐 하노?"

"까만 때가 홀라당 벗기라고 비 맞고 있다."

빨가벗은 후정이가 오들오들 떨며 비를 맞고 있었다. 방에 들어가자고 하니 비를 더 맞겠다며 고집을 부렸다.

"할매가 알면 당장 쫓기난다. 할매 불러올까?"

"언니야, 나 하얘졌을까?"

"무섭지도 않나, 방에 들어가자."

"난 깜둥이 싫다. 할매가 날 싫어하는 것도 내가 깜둥이라서 그런 기다."

"자꾸 떼쓰면 할매 불러 온다."

그제야 후정이가 비척비척 따라 들어왔다.

방에 들어온 후정이는 이까지 딱딱 부딪히며 덜덜덜 떨더니 이내 잠이 들었다. 무섭게 퍼붓는 빗소리 때문인지 나는 쉽게 잠이 오지 않았다. 이불을 차 던진 후정이에게 이불을 덮어주는데 몸이 불덩이였다. 물에 적신 수건으로 이마며, 팔, 다리를 닦아주었다. 후정이가 아픈 게 모두 할머니 때문인 것 같아 화가 났다.

"조상을 잘 섬겨야 자손이 번창 하는 거라."

"제사음식은 절대 태우면 안 된대이."

"머리카락이 들어가면 조상님이 몬 오는 거 알제."

할머니가 잔소리를 끝도 없이 늘어놓았다. 어젯밤 쏟아졌던 비처럼 다다다다 퍼부었다.

오늘은 작년에 돌아가신 할아버지 제삿날이다. 피난에서 돌아온 성주 이씨 집안 어른들이 모여 제사준비로 새벽부터 바빴다. 한차례 잔소리를 끝낸 할머니가 마루에 앉아 성주 이씨 이대 독자 이귀남을 흐뭇한 얼굴로 바라보았다.

우리 집은 성주 이씨 종가집이다. 아버지가 독자니까, 내 동생 귀남이는 이대 독자다. 이대 독자란, 성주 이씨 가문의 가장 웃어른인 할머니의 완벽한 보호를 받을 수 있다는 뜻이다. 할머니는 '으흠' 기침 소리 한번으로 모두를 슬슬 기게 만든다. 작은 할아버지들과 작은 아버지들조차 눈도 못 마주칠 정도로 무섭다. 그런 호랑이를 꼼짝 못하게 만드는 사람이 우리 집 이대 독자 이귀남이다.

할머니는 귀남이만 챙기느라 후정이가 아픈 것도 모른다. 차라리 모르는 게 낫다. 제삿날 아프면 부정 탄다며 소금을 쫙쫙 뿌려대며 액막이를 해 댈 테니 말이다. 귀남이가 나 보란 듯이 양과자를 우적우적 씹어 먹었다. 할머니 눈을 피해 아랫입술을 꽉 깨문 채로 종주먹을 치켜세웠다. 고자질하려는 귀남이를 피해 얼른 감주를 들고 방으로 들어갔다.

서울에서 대학을 다니다 내려온 막내 삼촌이 아버지 옆에서 먹을 갈았다. 할아버지의 혼을 불러들일 지방을 쓰기 위해서다. 전쟁이 터지자 대통령이 부산까지 피난을 떠났고, 한강 다리가 무너지는 바람에 사람들이 피난을 떠나지 못했다는 이야기는 들어도 들어도 질리지 않았다. 전쟁 얘기가 궁금한 나는 감주를 따르며 눈치껏 자리를 지켰다. 우리 군인들이 밀렸지만 인천상륙작전으로 서울을 수복했고, 이제는 전세가 역전되어 압록강까지 치고 올라갔다는 얘기는 곧 전쟁이 끝날 거라는 말로 들렸다.

"형님, 초막골에서 인민군하고 미국군인하고 전투가 벌어졌답니다."

초막골이면 우리 성주 이씨 재실이 있는 뒷산 너머에 있는 마을이다. 뒷산은 초막골로 가는 지름길이지만, 산세가 워낙 험해서 모두들 신작로를 따라 몇 시간을 돌아 다녔다. 혹시 어제 본 미국 군인이 아닐까 하는 생각이 들었다.

"미군 한 명이 인민군 총에 맞아 죽었답니다."

"산에 남은 인민군들인가?"

"인민군 두 명이 마을로 내려오는 걸 보고 미군이 마을에다 총을 쐈답니다."

"인민군은 잡았다나?"

아버지 물음에 삼촌의 몸이 아버지 귓가로 바투 다가서는 바람에 중요한 말을 놓치고 말았다.

"상황이 그러면 재실에서 제사를 지낼 수 있겠나?"

"형님요, 아무래도 집에서 지내는 게 안 좋겠습니까."

"상의해 봐야겠대이."

"할매 모셔올까요?"

나는 발딱 일어서며 아버지에게 물었다. 내가 있는 줄 몰랐는지 흠칫 놀란 아버지가 이내 고개를 끄덕였다. 부랴부랴 마루로 나와 제사일로 아버지가 급히 할 얘기가 있다고 할머니에게 알렸다. 아주 중요한 일이라 할머니가 방으로 오셔야 한다는 말까지 덧붙였다. 잰걸음 치는 할머니를 따라 방으로 들어갔다.

"어매요, 초막골에 숨어있던 인민군이 어딘가로 숨어들었답니다. 아무래도 제사를 집에서 지내는 게 안 좋겠습니까?"

"그기 무슨 말이고, 첫 기일인데 당연히 재실에서 지내야제. 안 된다."

"초막골에 인민군이 나타났다고 안 합니꺼."

"초막골하고 우리하고는 산 하나를 넘어야 하니까, 괘않을 기다."

심기가 불편한 할머니가 휑하니 방을 나가버렸다. 아버지와 막내 삼촌 표정이 사뭇 어두웠다. 아버지와 삼촌의 눈치를 살피다 숨이 막힐 것 같아 슬그머니 방을 나왔다. 할머니는 졸린 지 하품을 늘어지게 하고 있는 귀남이를 토닥토닥 재웠다. 눈을 꾹 감고 입을 꾹 다문 얼굴이 몹시 험상궂었다. 후정이에게 불똥이 튈까봐 방으로 들어가 보니 아무도 없었다. 변소도 가보고 뒤꼍도 살폈지만 보이지 않았다.

공터까지 갔는데도 후정이가 없었다. 놀고 있는 애들에게 물어보니 방죽 쪽으로 가는 걸 봤다고 했다. 방죽에 서서 보니 개울 징검다리에 후정이가 쪼그린 채 앉아 있었다.

"후정아, 거기서 뭐 하노?"

목이 터져라 불러도 후정이는 돌아보지 않았다. 할 수 없이 징검다리로 내려갔다.

"너, 뭐 하노?"

"언니야, 이렇게 문지르면 살이 빨개졌다가 하얘진단다."

후정이가 납작한 돌멩이로 팔을 문지르고 있었다. 얼굴은 얼마나 밀었는지 까져서 피가 나 있었고, 목덜미도 마찬가지였다.

"이런 걸 왜 하고 있노."

후정이 손에서 빼낸 돌멩이를 멀리 던져 버렸다.

"내 돌을 왜 던지노."

후정이가 바락바락 악을 써대며 돌멩이를 찾겠다고 개울로 뛰어들었다. 발버둥치는 후정이를 데리고 집으로 돌아왔다. 후정이를 본 엄마와 아버지가 기겁을 했다. 할머니가 눈치를 채지 못해 다행이었다. 엄마가 누에고치 태운 가루를 후정이 상처에 뿌리자 따갑다고 메뚜기처럼 팔딱팔딱 뛰었다. 그 모습이 웃기고 애처로웠다.

밤이 되자 귀남이와 남자 어른들은 재실로 갔다. 자정이 지나야 제사를 지내지만 미리 가서 집안일을 의논하기 위해서였다. 할머니를 비롯한 여자들은 집안 정리를 하느라 바빴다. 후정이는 돌로 문지른 곳이 따갑다며 징징거렸다.

탕 탕 탕, 나는 후정이 손을 잡고 후다닥 밖으로 나왔다. 아버지와 삼촌이 말한 인민군이 우리 마을로 숨어든 모양이었다.

"다들 재실로 피하거라."

할머니 명령에 우리들은 재실로 뛰었다. 마을 사람들도 하나 둘 재실로 모여들었다. 재실에 없는 사람들은 굴다리 밑으로 피신을 갔다고 했다.

사람들은 숨을 죽인 채 총소리에 귀를 기울였다. 몇 번의

총소리가 나더니 이내 잦아들었지만 아무도 집으로 돌아가지 않았다. 초막골 일이 마음에 걸렸는지, 재실 건너편 소나무 숲으로 가 몸을 뉘였다. 인민군이 우리 마을로 숨어든 게 확실한 것 같았다. 인민군을 잡는다고 미국 군인이 우리 집을 홀라당 태워버리면 어쩌나 무섭고 걱정되었다. 이럴 줄 알았으면 몰래 감춰둔 편지며 일기장, 사탕이며 초콜릿을 가지고 나오는 건데 너무너무 속상했다.

자정이 되자, 할아버지의 제사는 엄숙하게 진행되었다. 구김 한 점 없는 두루마기를 걸친 아버지가 절을 하고 향을 피웠다. 재실 안은 향내가 그윽하게 퍼졌다. 밤하늘에는 별들이 총총히 빛을 뿜어냈고 은은한 달빛이 재실을 감쌌다.

하늘하늘 실처럼 피어오르는 연기를 따라 할아버지가 우리 곁으로 오셨다. 이대 독자 귀남이는 할아버지께 절을 올리고 술잔을 올렸다. 젓가락을 탕탕 두 번 치고는 할아버지가 즐겨 드셨던 노릇노릇하게 지진 두부에다 젓가락을 얹었다. 장손인 귀남이를 흐뭇한 얼굴로 바라보던 할머니가 옷고름으로 눈을 찍어 눌렀다.

제사가 끝나자 모두 재실에다 자리를 깔고 앉았다. 어른들이 두런두런 피워 올리는 이야기를 들으며 나는 깊은 잠 속으로 빠졌다.

내 꿈으로 찾아오신 할아버지는 두리번거리며 누군가를 찾았다. 내가 누굴 찾으시냐고 물으니, 할머니 어디 있냐고 되물었다. 그 소리에 어디서 나타났는지 하얀 옷을 입은 할머니가 할아버지 곁으로 사뿐사뿐 걸어갔다. 할머니는 활짝 웃는 얼굴이었는데, 내가 본 것 중에 가장 예뻤다. 고모가 아닐까 하는 착각마저 들었다.

"할매요, 같이 가요."

그때 어디서 나타났는지 후정이가 달려가 할머니 손을 잡았다.

"놔라. 어딜 같이 간다고 그라노."

할머니가 후정이 손을 탁 쳐냈다. 그러더니 할아버지 손을 잡고는 재실 건너편 소나무 숲으로 걸어갔다.

"할부지요? 할매요?"

불러도 대답하지 않고 소나무 숲으로 사라졌다. 나도 모르게 자꾸 눈물이 나왔다.

"연수야, 연수야, 일어나거라."

꿈에서 깨어났는데 명치가 아프고 눈물이 나왔다. 꿈이라고 말하기에는 소나무 숲이며 할아버지 얼굴이 너무 또

렷했다.

"자면서 눈물을 다 흘렸노?"

"할매는요?"

할머니는 귀남이에게 제사음식을 먹이고 있었다. 넙죽넙죽 받아먹는 귀남이가 못 견디게 귀여운지 귀남이가 음식을 삼키기도 전에 굴비가 놓인 밥숟가락을 떠서 기다렸다. 그 모습을 보니 슬그머니 부아가 치밀었다. 할머니를 걱정한 게 단박에 후회되었다. 후정이는 아직 자고 있었다. 딱지 않은 얼굴이 볼썽사나웠다. 할머니에게 들킬까봐 깨우지 않았다.

어른들은 둘러앉아 새벽녘에 있었던 폭격 얘기를 하고 있었다.

"굴다리로 피신한 사람들은 괜찮을까요? 총소리가 그쪽에서 난 것 같은데……."

"형님요, 제가 마을로 내려갔다 올까요?"

"조금만 더 기다려 보자."

아버지가 재실을 나서려는 막내 삼촌을 말렸다.

"지금까지 잠잠한 거 보니 인민군을 잡은 모양입니다. 제가 조심해서 다녀오겠습니다."

막내 삼촌이 재실을 나섰다.

탕– 탕탕, 기다렸다는 듯 총알이 날아들었다. 막내 삼촌이 그대로 쓰러졌다. 총알은 사정없이 재실 기둥이며 벽이며 사람들을 향해 내리 꽂혔다.

"재실에 있다가는 다 죽겠습니더. 소나무 숲으로 건너시요."

아버지가 귀남이를 안고, 나는 엄마 손에 이끌려 뛰었다. 빽빽한 소나무들이 총알받이가 되어 주었다.

"어매요?"

아버지의 다급한 목소리에 재실을 보니, 아직 건너오지 못한 할머니가 후정이를 업고 재실 앞에 서있었다. 겁먹은 후정이가 악을 바락바락 쓰며 울었다. 아버지가 벌떡 일어나 뛰었다.

탕, 총알이 아버지의 다리를 맞혔다.

"한식아, 안 된다. 내가 간다. 내가 가."

후정이를 업은 할머니가 뛰었다. 총알이 다시 쏟아졌다. 총알은 할머니 다리를 맞히고 팔을 맞혔다. 땅바닥에 떨어진 후정이가 자지러지게 울었다.

"후정아……."

할머니는 후정이 위로 쓰러졌다. 할머니 밑에 깔린 후정이가 발버둥을 쳤다.

1953년 7월 27일, 전쟁이 멎고 휴전이 되었다. 귀남이와 후정이는 여덟 살이 되었다. 절뚝거리는 불편한 다리로 귀남이 손을 잡고 아버지가 재실로 앞장섰다. 삼년 전 그날 일을 말해 주기라도 하듯 총알구멍 선명한 소나무들이 나뒹굴었다.

귀남이와 후정이는 아버지 옆에 앉아 먹을 갈았다.

〈현비이봉송씨신위〉

아버지는 할머니의 신위를 정성껏 적었다. 오늘은 우리 할머니의 제삿날이고, 막내 삼촌의 제삿날이다.

"아부지, 할매가 날 살리신 거죠?"

"오냐."

"할매 덕에 내가 살아난 거죠?"

"오냐."

"할매는 날 미워한 거 아니죠?"

"오냐."

까만 얼굴의 내 동생 후정이는 할머니에 대해 묻고 묻고 또 물었다. 할머니는 눈을 감기 전에 후정이에게만 유언을 남기셨다.

'이쁜 내 새끼, 행복하거라.'

어
린
군
인

어린 군인

"엄마, 여기는 누구 무덤이야?"

"북한군."

"북한군, 무덤이 왜 여깄어?"

"전쟁 때 죽은 북한군들이야. 죽어서도 고향으로 돌아갈 수 없어 안됐다."

엄마 말이 끝나기를 기다렸다는 듯 톡 톡톡, 도토리가 떨어졌다.

"우와! 도토리다."

묘지 주변 산자락에 심어진 상수리나무에서 떨어진 도토리가 묘비 앞에도 데굴데굴 굴러다녔다. 민승이가 도토리를 하나씩 주워 담았다. 멀리서 아빠가 부르는데도 아랑곳하지 않고 도토리 줍기에 열심이었다.

"민승아, 아빠가 부른다. 넌 천천히 올래?"

"네."

민승이 엄마 발소리가 차츰차츰 멀어졌다.

*

오랜만에 들어보는 사내아이 목소리에 나는 번쩍 눈을 떴다. 땅속이라 캄캄했다. 차츰차츰 다가오는 사내아이 발소리에 콩닥콩닥 가슴이 뛰었다.

살강살강 내 마음속에 스며드는 엄마라는 말, 그 다정한 목소리에 난 그만 울컥 하고 말았다. 오마니 얼굴이 떠올랐다. 꼭 살아서 돌아오라며 내 손을 잡아주셨던 오마니. 그게 마지막이 될 줄 몰랐다.

'오마니에게 가고 싶습네다. 우리 오마니는 잘 계실까요? 꼭 살아서 돌아와야 한다고 당부하셨던 오마니, 보고 싶습네다.'

"무명인? 이름이 명인인가? 명인아?"

민승이가 내 이름을 부르는 순간, 땅 속에서 그림자처럼 얇은 몸이 붕 떠올랐다.

"안녕, 민승아?"

"누 누구야?"

"내래, 이 무덤의 주인인 류명인의 영혼이야."

"에이, 거짓말하지 마. 영혼이면 귀신이라는 건데? 귀신은 밤에만 나타나거든."

민승이는 내 말을 믿을 수 없다는 듯 콧방귀를 끼더니 되물었다.

"진짜 귀신 맞아?"

"귀신은 맞는데, 그냥 영혼이라고 불러주면 안 되네? 귀신이라고 하니까 좀 으스스해서 말이야."

"그래 좋아. 영혼님은 무슨 일로 나타난 거야?"

민승이는 여전히 실실 웃으며 물었다. 내가 영혼이란 걸 절대 믿을 수 없다는 듯이 말이다. 그 모습이 귀여워 슬그머니 웃음이 나왔다.

"보여줄 게 있는데, 나랑 같이 북한으로 갈 수 있갔네?"

"북한 사람이면 간첩인데?"

"내래 간첩은 아니지만 북한이 고향이야. 북한에 가고 싶지 않네?"

"정말 갈 수 있어?"

민승이가 주위를 두리번거리며 물었다. 엄마와 아빠는 누군가의 무덤 앞에 고개를 숙인 채 서 있었다.

"금방 다녀올 수 있지. 내 손을 잡고, 눈을 감으라우. 잠깐 꿈길을 다녀온 것과 같은 느낌이 들 것이야."

내 손을 잡은 민승이 손이 따뜻했다.

*

"명인아, 잘 다녀오너라."

"오마니. 아무 걱정 마시라요."

"남조선에 가면 외가댁으로 가 외삼촌을 꼭 만나고 오너라. 주소는 잘 챙겼지?"

"그럼요. 경기도 파주군 아동면 금촌리 235번지. 맞지요, 오마니?"

"오냐 오냐, 조심하고 또 조심해서 몸 성히 돌아오너라."

내 손을 꼭 잡은 어머니 얼굴에 먹장구름이 가득 내려앉았다.

"어린 널 혼자 보내 걱정이 많구나."

"18살이나 먹었는데, 어리다니요. 이래봬도 어엿한 군인입네다."

"내 눈에는 코흘리개로만 보인다."

"잠시 외가댁에 놀러갔다고 생각하시라요. 알겠지요, 오마니?"

나는 환한 웃음을 지으며 어머니에게 큰 절을 올렸다.

"오냐, 오냐, 잘 다녀 오너라. 외삼촌에게 안부 전하고, 남쪽에 있는 게 불안하면 우리 집으로 오라고 해라."

"그럼요. 이제 그만 가 봐야겠습네다. 오마니, 다녀오갔습네다."

군복을 차려입은 빡빡머리 소년인 나는 손을 흔들며 집을 떠났다. 신작로까지 따라 나온 어머니와 동생들이 손을 흔들었다.

"누구야? 저 형이랑, 형이랑 얼굴이 똑 같네, 쌍둥인가?"

"70년 전, 우리 오마니와 나야."

"에이, 거짓말."

"난 70년 전에 죽은 영혼이라 늙지 않아."

민승이는 내 대답이 도무지 믿기지 않는 듯 고개를 사뭇 갸웃거렸다. 그런 민승이에게 우리가 70년 전 북한 우리 집에 와 있다고 말해주었다.

"그런데 저 형은 어디 가는 거야?"

"남조선 해방을 위해 싸우러 가는 것이야"

"전쟁이 터진 거야?"

민승이는 머릿속에 엉킨 실타래가 가득 든 표정으로 물었다. 난 고개를 끄덕이며 대답했다.

"다시 내 손을 잡고 눈을 감으라우."

민승이가 내 손을 꼭 잡았다.

*

"지금부터 인민재판을 열도록 하갔습네다. 반동분자 이양모는 앞으로 나오시라요."

인민군 대장 명령에 이양모가 주춤거리다 앞으로 나갔다.

주름진 얼굴에는 두려움이 그득했다.

"그동안 지은 죄를 낱낱이 밝히시오."

"제가 무슨 잘못을 저질렀는지 모르겠습니다요."

이양모의 까만 눈동자가 어지러웠고 온 몸도 벌벌 떨며 대답했다.

"마을 면장 일을 하면서 태극단원 활동을 하지 않았습네까?"

"태극단원에 가입하면 살려준대서 들었습니다요. 사람 죽이는 일을 태극단원이 하는 줄 알았으면 절대 들지 않았을 겁니다요. 제발 살려주십시오."

"어쨌든 마을 사람들을 빨갱이로 몰아 죽였습네다."

"살기 위해 그랬습니다요. 제발 살려주십시오. 제발 살려주십시오."

이양모가 인민군 대장 앞에 무릎을 꿇고는 싹싹 빌었다.

"여러분, 이양모를 어떻게 해야 할지 말씀해 주시기 바랍네다."

사람들은 서로를 쳐다보며 슬금슬금 눈치를 살폈다. 그때 누군가가 큰 소리로 외쳤다.

"죽여야 합니다."

순식간에 벌집을 쑤셔놓은 듯 사람들이 웅성거렸다.

"죽여야 합니다."

"죽여야 합니다."

사람들은 팔을 치켜들며 목청을 돋았다. 겁에 질린 사람들도 조촘조촘하다 팔을 치켜들었다. 인민군 대장의 바짓가랑이를 꽉 움켜잡은 이양모가 살려달라고 울부짖었다.

"잘 알겠습네다. 여기 있는 반동분자들은 우리가 알아서 처리할 테니, 모두들 집으로 돌아가도 좋습네다."

인민군 대장 명령에 사람들이 하나 둘 운동장을 떠나갔다. 휘적휘적 걷다가 뒤를 돌아보며 가슴을 쓸어내렸다.

그사이 나는 이양모와 사람들의 두 손을 뒤로 한 채 밧줄로 꽁꽁 묶었다. 도망치지 못하도록 앞사람과 뒷사람을 줄줄이 이었다.

"출발하시오."

인민군 대장이 앞장을 서고 이양모와 사람들이 뒤따랐다. 마을 입구 야트막한 산으로 올라갔다. 임진강이 훤히 내려다보였다.

"10명씩 한 줄로 세우시오!"

"살려주십시오. 살려주십시오."

사람들이 울부짖었다. 잠깐 동안, 저 사람이 외삼촌이 아닐까 하는 생각이 들었다. 분명 외삼촌은 아니었지만 자꾸 외삼촌 얼굴이 떠올랐다.

"사격!"

탕! 탕! 탕. 총소리에 놀란 새들이 푸드덕푸드덕 푸른 하늘로 날아올랐다.

"잠깐, 멈추시오. 류명인 동무는 한 걸음 앞으로 나오시오."

총을 쏘지 않고 동상처럼 서 있는 나를 인민군 대장이 불러 세웠다.

"류명인 동무, 왜 총을 쏘지 않는 겁네까?"

"전…, 총을…, 사람을……."

"명령을 어긴 동무부터 죽여야갔구만."

인민군 대장이 나를 향해 권총을 겨누었다.

"아닙네다. 전 고향으로 돌아가야 합네다. 오마니가 기다리고 있습네다."

"살고 싶으면 당장 쏘시오."

머뭇거리는 나를 인민군 대장이 노려보며 재촉했다.

"어서 쏘시오!"

피를 흘리며 쓰러진 사람이 숨을 헐떡이며 나를 바라보았다. 제발, 살려달라고 말하는 것 같았다. 너무 두렵고 너무 무서웠다.

'미안합네다. 쏘고 싶지 않지만 어쩔 수 없습네다. 명령에 따르지 않으면 제가 죽을 테니까요. 정말 미안합네다.'

나는 방아쇠를 당기고 말았다. 탕!

"내가 사람을 죽였어. 내 손으로 사람을 죽였다구…, <u>으흐흐흐</u>……."

나는 너무 괴로워 울부짖었다.

"죄 없는 사람을 죽이는 건 나빠. 저 사람들은 군인도 아니잖아."

"난 죽이고 싶지 않았어."

"죽였잖아."

"어쩔 수 없었어. 난 살아서 오마니에게 돌아가야 했다구."

"저 아저씨도 집으로 가고 싶었을 거야."

민승이가 나를 노려보며 씩씩거렸다. 이양모도 나처럼 집에서 기다리는 가족이 있었다고 생각하니 더 괴로웠다.

"국군과 유엔군도 죄 없는 사람을 죽였어."

"거짓말."

"난 진실을 말하고 있어. 가서 보면 전쟁이 어떤 건지 알게

될 거야."

"싫어. 이런 거 보기 싫어."

"민승아, 누군가는 진실을 알아야 해."

난 민승이의 손을 움켜쥐었다. 민승이가 뿌리치려고 발버둥을 쳤지만 놓아주지 않았다. 대신 한 손으로 민승이의 눈을 가렸다.

*

"빨갱이들이 면장인 우리 아버지를 죽였습니다. 빨갱이들은 모두 죽여야 합니다. 한 명도 살려줘서는 안 됩니다."

화가 잔뜩 난 치안대장 이창득이 고래고래 소리를 질렀다. 운동장에 모인 사람들은 고개를 푹 숙인 채 바들바들 떨었다. 이양모를 죽여야한다고 마지못해 소리쳤던 마을 사람들이었다.

"이보게 창득이, 어째서 우리가 빨갱이인가?"

"인민군에게 쌀을 주고, 옷도 주고, 시키는 일을 다 했으니 빨갱이가 틀림없습니다."

"인민위원회에 들라고 해서 들었을 뿐이고, 일을 시키니 일했을 뿐이네. 우리도 살기 위해 인민군이 시키는 대로 했다는 걸 자네도 알지 않나? 한 마을에서 지금까지 함께 살았으니, 우리가 빨갱이가 아니란 걸 자네가 더 잘 알지 않는가?"

"더 이상 들을 필요 없습니다. 모두 끌고 갑시다."

악에 받힌 이창득이 소리를 내질렀다. 치안대원들이 할아버지와 아저씨들, 아줌마들과 그 옆에서 울고 있는 아이들을 줄줄줄 끌고 차에 태워갔다.

치안대원들은 심학산 아래 한강변 나룻터에서 끌고 온 사람들을 10명씩 한 줄로 세웠다.

"창득이, 제발 이 아이만은 살려 주게."

"우리 아버지도 살려 달라고 했지만 아무도 살려주지 않았어. 아버지가 당한만큼 똑같이 갚아줄 거야."

"제발 살려 주게. 이 은혜는 죽어서도 잊지 않-."

할아버지 얘기가 끝나기도 전에 날카로운 총알이 아이의 가슴에 박혔다.

민승이의 벌어진 입술이 파르르 떨렸다. 커질 대로 커져버린 눈에서 눈물이 주르륵 볼을 타고 흘러내렸다. 뜨거운 눈물은 내 손바닥을 뚫고 바닥으로 뚝뚝 떨어졌다. 나는 떨고 있는 민승이의 등을 토닥토닥 토닥였다.

"민승아, 저 아이가 빨갱이 같네?"

민승이가 고개를 저었다.

"저 아이는 빨갱이가 뭔지도 몰랐을 것이야."

"으응……."

"전쟁이 터지기 전에는 동네 사람들이 한 가족처럼 지냈어. 38선이 그어지기 전에는 나도 방학 때마다 남쪽에 있는 외가댁으로 놀러 갔었지. 동무들과 물장구도 치고, 술래잡기를 하며 놀았어. 남조선 해방이 사람들을 죽이는 거였다면 절대 오마니 곁을 떠나지 않았을 것이야. 모두 한 민족이었는데, 왜 갑자기 총을 겨누는 적이 돼야 했는지 난 통 모르갔어."

여전히 떨고 있는 민승이가 말했다.

"북한 때문이야. 북한이 전쟁을 일으켰기 때문이야."

민승이 대답에는 북한 군인이었던 나에 대한 미움과 분노가 담겨있었다.

"전쟁을 일으킨 권력자들이 나쁜 거야. 전쟁으로 인해 희생당한 사람들은 결국 평범한 우리들이었어."

나는 칠중성을 차지하기 위해 고지 전을 벌였던 설마리 전투가 생각났다. 그러나 민승이에게 외국인 부대인 영국군과 중국군이 싸웠던 설마리 전투를 보여주어야 하나 망설여졌다. 그곳에서 나는 너무나도 끔찍한 일을 당했기 때문이었다.

　'민승이도 알아야 해.'

　전쟁의 진실을 알아야 한다고 어디선가 알 수 없는 목소리가 내 귀에 대고 속삭였다. 나는 민승이의 손을 꽉 잡았다.

*

　드르르륵 쾅콰쾅, 총격전이 벌어지는 중성산의 칠중성은 매캐한 연기가 자욱했다. 영국군과 중국군의 싸움은 나흘이나 계속되었다. 물밀듯이 밀려오는 중국군에게 밀린 영국군은 감악산 설마리 계곡까지 뒷걸음질을 쳤다. 그러나 영국군은 끝까지 싸웠다.

　탕! 탕! 탕! 드르르륵 탕 탕, '으앗!'내 옆에서 방아쇠를 당기던 중국군 가슴에서 시뻘건 피가 솟구쳤다.

"동무, 동무, 정신 차리시라요."

"어머니, 어머니……."

"죽지 마시라요. 제발 죽지 마시라요."

이내 중국군의 두 팔이 아래로 뚝 떨어져 내렸다. 나는 들고 있던 총으로 적들을 향해 마구 쏘아댔다. 콰과쾅, 포탄이 요란한 괴성을 지르며 내 머리위에서 터졌다. 날카로운 파편이 내 가슴을 파고들었다. 숨 쉴 수 없을 만큼 아픈 통증으로 가슴을 부여잡았다.

"오마니, 오마니……."

너무 무서워 어머니를 불렀다.

그때 어디선가 오르골 소리가 들려왔다. 신기하게도 아픔과 두려움이 사라졌다. 피 흘리는 몸에서 붕 빠져나온 내 영혼은 오르골 소리를 향해 날아갔다. 총을 맞은 영국군이 오르골 소리를 들으며 눈물을 흘리고 있었다.

"총을 맞았군요. 조금만 참으시라요."

난 영국군 옆으로 가 앉으며 걱정스런 얼굴로 바라보았다.

"넌, 북한군이구나. 괴물보다 더 무섭게 생긴 줄 알았는데, 아주 어린 군인이었어."

영국군이 놀란 듯 말했다.

"내가 어린 군인을 죽였구나."

"저도 사람을 죽였습네다."

"애야, 널 죽이지 않으면 내가 죽을 것 같아 두려웠단다. 전쟁은 온통 두려움과 공포뿐이구나."

영국군이 괴로운 듯 울부짖었다.

"그런데 애야, 전쟁은 왜 일어난 거니?"

"저도 모르갔습네다. 남으로 가야한대서 왔습네다. 아저씨는 영국처럼 먼 나라에서 여기까지 왜 싸우러 온 겁네까?"

"남한을 돕기 위해 온 거지, 죽이러 온 건 아니었어."

"전쟁이 나라를 지키는 건지 모르갔지만, 사람을 죽이는 건 확실합니다. 이렇게 우리 둘 다 죽고, 저기 중국군도 죽었습네다."

내 말에 영국군이 죽은 군인들을 둘러보았다.

"애야, 미안하구나."

"저도 미안합네다."

영국군의 눈이 스르륵 감겼다. 맑게 울리던 오르골 소리가 점점 멀어져갔다.

내 죽음을 바라보는 일이 이상하게 덤덤했다. 내 대신 민승이가 눈물을 흘렸다. 나는 민승이 손을 잡고 하늘을 날았다. 외국군인 끼리 서로 싸웠던 중성산의 칠중성으로 날아올랐다. 칠중성 꼭대기에 도착하자 너른 벌판이 한 눈에 보였다. 날씨가 맑아 멀리 개성에 있는 송악산이 보였다. 그 송악산 너머에 우리 동네가 있고, 우리 집이 있고, 어머니와 동생들이 살고 있을 테지.

"여길 차지하려고 서로를 죽인 거야?"

명령이라 어쩔 수 없이 따를 수밖에 없었다는 대답은 하기 싫었다.

"전쟁은 나빠."

민승이의 볼멘소리가 내 마음을 파고들었다.

"민승아, 신발은 왜 만들었는지 아네?"

"발을 보호하고 걷기 위해서."

이런 문제라면 식은 죽 먹기라는 듯 민승이가 대답했다.

"컵은 물을 먹기 위해, 안경은 잘 보이기 위해서 만들었어. 그럼 총은 왜 만들었을까?"

"쏘려고."

"누굴 쏘려고?"

민승이가 입을 꾹 다물었다.

"총은 누군가를 죽이기 위해 만들어진 것이지, 지키기 위한 게 아니야."

민승이가 고개를 주억거렸다.

"자, 이제 돌아가야지. 오마니, 아바디가 널 기다리겠다."

"형은?"

"난 이제 오마니에게 돌아갈 것이야. 잠든 내 영혼을 깨워줘서 고맙구나야."

나는 민승이를 안았다.

"명인이 형, 형을 잊지 않을게."

"그래, 영원히 기억해주라우. 우리가 한민족이었다는 것도 잊지 말라."

나는 민승이에게 손을 흔들고 푸른 하늘을 향해 힘껏 날아올랐다. 톡 톡톡, 상수리나무를 흔들어 민승이 발치에 도토리를 떨구었다. 솜털보다 더 가벼운 내 영혼은 오마니가 있는 북으로, 북으로 훨훨 날아갔다.

사격장 가는 길

"워워워······."

누렁이를 몰고 신작로로 들어서던 동구는 걸음을 뚝 멈추고 말았다. 어서 가자고 앞장선 누렁이의 고삐를 얼른 잡아끌었다. 독수리 훈련을 받으러 가는 미국 군인 행렬이 이어지고 있었다. 어깨에 멘 총이 확 눈에 들어오자 동구 가슴이 바싹 쪼그라들었다. 마을 앞 강 건너편에 있는 사격장으로 가는 행렬이었다. 오늘 밤부터 콰과쾅 폭탄이 터지면 자다가 깬 동철이가 부들부들 떨며 집이 떠나가듯 울겠지.

이틀 전만 해도 군인들 어깨에 멘 총이 진짜로 멋져 보였다. 그 일만 당하지 않았다면 말이다.

"당겨, 당겨."

총구를 겨눈 군인이 실실 웃으며 동구에게로 다가왔다. 장난인 줄 알았지만 너무 무서웠다. 총구가 점점 가까워질수록 동구 가슴은 벌렁벌렁 뛰어 숨조차 쉴 수 없었다.

"하하하하, 꼬마야, 장난인데 뭘 그렇게 겁먹었어. 순 겁쟁이잖아. 장난이야, 장난, 하하하."

미국 군인들이 배를 잡고 웃었다. 그때 숨을 헐떡이며 달려온 엄마가 새파랗게 질린 동구를 꼭 안았다. 엄마 가슴은 동구보다 더 뛰었다.

오늘도 어깨에 멘 총을 보니 가슴이 쿵쿵 방망이질을 해댔다. 아빠가 독수리 훈련이라 소 뜯기러 가지 말라고 했는데, 괜히 나왔나 당황스러웠다. 곧 엄마가 될 누렁이에게 봄에 나온 새 풀을 실컷 먹이고 싶었는데…….

쎄애앵- 슈우웅, A10기 3대가 간격을 두고 날았다. 놀란 누렁이가 펄쩍 펄쩍 뛰어오르더니 집으로 들어가 버렸다.

"아우우우우."

자다 깬 동철이가 배배 꼬인 손으로 귀를 막은 채 소리를 질렀다. 동구가 다가가자 와락 팔에 매달렸다. 동철이는 태어날 때도 울지 않았고, 돌이 훨씬 지났는데도 걷지 못했다. 병원을 다 다녔지만 무슨 병인지 지금까지도 모른다.

"사격장 때문에 생긴 병입니다. 사격장을 없애야 한다고요."

송학이네 아빠가 이렇게 말하면 아빠는 버럭 소리를 지르며 화를 낸다. 사격장 때문에 동철이 같은 아이가 태어나는 건 아빠 말대로 순 엉터리다.

폭격 소리가 잦아들자 동철이는 다시 잠이 들었다. 얇은 이불을 덮어 주고는 누렁이를 데리고 신작로로 나왔다. 군인들이 사격장으로 모두 사라져버려 마음이 놓였다.

모내기를 끝낸 논에는 먹이를 찾느라 바쁜 황새가 긴 목을 두리번두리번 내저었다. 종아리까지 자란 풀들은 살랑살랑 부는 봄바람에 몸을 맡겼다. 봄에 나는 풀은 맛도 좋고 영양이 그만이라 새끼 가진 누렁이가 실컷 먹어야 한다. 누렁이는 짐짓 자리를 잡고 서서 쇠뜨기며, 뽀리뱅이, 꽃다지, 민들레를 맛나게 베어 먹었다. 꼬리로는 따라 나선 쇠파리를 쫓느라 연신 부지런을 떨었다. 그때마다 땡그랑 땡그랑, 목에 걸린 요령이 쏟아지는 봄 햇살 속으로 울려 퍼졌다.

"이랴, 이랴."

동구가 고삐를 당기자 아쉬운 누렁이가 뽀리뱅이를 얼른 베어 물었다.

친구들이 놀고 있는 뒷산으로 갔다. 동구보다 먼저 소몰이 나온 친구들이 전쟁놀이를 하고 있었다. 바닷가 갯벌에서 주워온 불발탄과 탄피가 크기대로 쌓여있다. 감기 걸릴 때 먹는 약처럼 생긴 탄피도 있고, 1개에 15Kg이나 나가는 탄피도 있고, 동구 목까지 오는 크기의 탄피도 있다. 동구가 온 줄도 모르고 전쟁놀이에 신이 났다. 얼른 아카시 나무 밑에 쌓아둔 탄피 하나를 집어 들었다. 바닥에 납작 엎드린 채 적을 향해 수류탄을 던지고 있는 아군 대장 송학이 곁으로 다가갔다.

"송학아, 나도 끼워줘."

"휴전, 휴전."

송학이가 주먹 쥔 손으로 X자를 해 보이며 소리쳤다. 총격전이 멈췄다.

"너 혼자 왔어? 짝이 안 맞잖아."

"동구야, 우리 편 하자."

적군 대장인 병철이가 동구 팔을 끌었다. 반드시 죽어야 하는 적군이 되는 건 싫지만 얼른 고개를 끄덕였다. 적군이라도 안 되면 내내 구경만 해야 한다.

적군은 동구까지 3명이고, 아군은 송학이와 만규다. 동구는 다른 친구들처럼 모자며 옷에다 풀을 꽂았다. 풀이나 나뭇잎으로 위장을 하면 진짜 군인 같다. 전세는 적군이 아군에게 포위당한 상태였다.

"너희들은 완전히 포위당했다. 항복하면 목숨만은 살려주겠다."

"싫다."

"셋 셀 때까지 나와라. 하나, 둘."

손나팔을 한 아군대장 송학이가 소리쳤다. 바위 뒤에 숨은 적군도 이대로 물러설 수 없다.

"셋! 돌격! 앞으로."

송학이 명령에 적군도 앞으로 돌격했다. 드르륵 드르륵, 쾅 쾅, 따발총에 수류탄, 육박전까지 순식간에 아수라장이 되어 버렸다.

"하나도 남기지 말고 죽여라."

송학이가 병철이를 향해 총을 쏘자, 비틀비틀 병철이가 쓰러졌다. 교정이가 쓰러지고, 동구까지 대자로 뻗었다. 송학이와 만규가 탄피를 들고 만세를 불렀다. 전쟁은 언제나 아군의 승리로 끝난다.

한바탕 전쟁을 치른 후 모두 함께 풀밭에 앉아 수다를 떨었다.

"우리 누렁이 새끼 낳는다."

"죽은 송아지 낳은 건 아니겠지."

동구는 송학이를 팍 째려보았다.

"재수 없게 말할래?"

"사격장 때문에 돼지도 죽고, 닭도 알을 안 낳고, 소도 죽은 송아지를 낳는다잖아."

송학이가 이런 말 할 때마다 듣기 싫다.

"돼지 죽는 거랑 독수리 훈련하는 거랑 아무 상관도 없다는데 뭐."

"동구 너, 너희 엄마가 공부하라고 잔소리 하는 거 듣기 좋아?"

"아니."

"비행기소리, 총소리, 대포소리가 돼지들한테는 잔소리다. 나도 듣기 싫어 죽겠는데 뭐."

송학이가 자기 아빠처럼 인상을 찌푸리며 말했다. 죽은 새끼를 낳거나, 알을 안 낳는 것도, 벽에 금이 가서 쩍쩍 갈라지는 것도 머리가 자주 아픈 것도 모두 사격장 소리 때문이라고 송학이네 아빠는 말했다. 지금부터라도 마을 사람들이 똘 똘 힘을 합쳐 사격장을 없애야 한다며 열을 올렸다. 다른 어른들은 사격장이 떠나면 전쟁이 다시 터질 수 있고 나라가 결정한 일을 반대하는 건 옳지 않다며 손사래를 쳤다.

"동철이도 사격장 때문이라던데 뭐."

송학이 얘기에 더 이상 참을 수 없어 동구는 벌떡 일어났다. 콰콰쾅 쾅쾅, 사격장에서 터지는 폭탄 소리에 뒷산까지 흔들렸다.

"음무우우우, 음무우우우우."

소들이 펄쩍 펄쩍 뛰었다. 동구는 누렁이의 고삐를 간신히 잡고는 산을 내려왔다. 송학이와 친구들이 불렀지만 뒤도 돌아보지 않았다. 폭격기는 사격장 주위를 맴돌며 폭격을 멈추지 않았다.

사격연습은 밤중까지 계속 되었다. 잠든 동철이 옆에서 수학 숙제를 하는데 계속 하품이 나왔다. 반도 풀지 못했는데 눈꺼풀이 축축 내려앉았다. 콰콰쾅, 폭격 소리에 놀란 방문이 쫘르르 소리를 내며 몸을 떨었다. 붉은 빛이 방문에 어른거렸다. 잠에서 깬 동철이 울음소리에 엄마가 급히 달려왔다. 오늘따라 폭격 소리가 더 요란한 것 같다.

동구는 마루로 나왔다. 사격장에서 불기둥이 솟구쳤다. 옷을 챙겨 입은 아빠가 신작로로 나가고 있었다. 따라 나가려는데 아빠가 절대 나오지 말라며 으름장을 놓았다. 어른들은 약속이라도 한 듯 사격장으로 향했다.

　"음무우, 음무우."

　대포소리에 놀랐는지 누렁이가 울었다.

　"음무우, 음무우, 음무우……."

　누렁이가 계속 울었다. 엄마와 함께 누렁이를 보러 갔다.

　"동구야, 아빠 좀 불러오너라. 누렁이가 송아지를 날 모양이다."

　엄마가 다급히 말하며 읍내 동물병원에 전화를 걸었다. '새끼를 낳는다고?' 놀란 동구는 사격장으로 달음질을 쳤다.

　어른들은 사격장 근처에서 군인들과 얘기를 나누고 있었다.

　"잠 좀 잡시다."

　"밤새 하는 훈련이라 며칠만 참아주세요."

　"우리도 잠을 자야 일을 하죠. 밤낮으로 너무 하지 않습니까?"

　"나라를 위한 일이니 조금만 참아주세요."

　심드렁한 표정의 군인 목소리는 부탁이 아니라 명령이었다.

"당장 멈추세요!"

송학이네 아빠가 소리를 질렀다. 군인이 어깨에 메고 있는 총을 슬쩍슬쩍 매만졌다. 가슴이 콩닥콩닥 뛰었다.

"아빠, 누렁이가 송아지 낳는다고 어서 오래요."

"예정일이 아직도 보름이나 남았는데!"

놀란 아빠가 내 손을 잡고 뛰었다. 뒤돌아보니 어른들은 군인들과 계속 실랑이를 벌였다.

누렁이는 송아지 낳는 일이 너무 힘든지 왔다 갔다 왔다 갔다 하며 울었다. 수의사 선생님이 곧 온다고 했는데 우리 누렁이가 그때가지 참을 수 있을 지 걱정되었다. 동구는 두 손을 모아 누렁이가 송아지를 잘 낳게 해달라고 빌었다. 태어나자마자 음무우우 하고 울게 해 달라고도 간절히 빌었다. 동철이는 세상에 태어났는데도 하루 동안이나 울지 않아 엄마가 대신 울어야 했다.

"송아지 나온다."

아빠가 삐죽 나온 뒷다리를 잡아당기자 송아지가 쑥 빠져 나왔다. 짚과 헝겊이 깔린 바닥에 축축하게 젖은 송아지를 눕혔다. 누렁이는 힘들지도 않는지 기다란 혀로 송아지를 쓱 쓱 핥았다. 음매애애, 송아지가 울었다. '야호!' 하고 소리를 질렀다.

"누렁아, 고생했다."

엄마와 아빠가 누렁이 등을 연신 쓰다듬었다. 동구도 누렁이 등을 쓰다듬어 주었다.

"동구 아부지, 송아지 다리가 왜 이래요?"

"다리가 왜?"

"세 개밖에 없어요."

엄마가 거짓말을 했다. 분명히 송아지가 음매애애 하고 울었다. 아빠가 송아지 다리를 세었는데 세 개뿐이었다. 누렁이는 이 사실을 아는지 모르는지 계속 송아지를 핥았다.

"걸을 수 있을까요?"

엄마 물음에 아빠는 아무 말도 하지 않았다. 누렁이가 대신 음무음무 대답했다. 누렁이도 송아지 대신 우는 걸까? 눈물은 흘리지 않았다.

세 발로 태어난 송아지 때문에 학교에 가기 싫었다. 송학이가 사격장 때문이라고 놀릴 게 뻔했다. 늘쩡거리며 교실로 들어서자 사격장 얘기로 왁자지껄했다. 어제 밤 불기둥은 A10기가 비행 이상으로 잘못 떨어뜨린 폭탄이 폭발한 거였

다며 송학이가 입에 거품을 물고 떠들었다.

"우리 아빠 얘기로는 폭탄은 MK82탄 6발로 실전용이었대."

"연습용이 아니라 전쟁 때 쓰는 진짜 폭탄?"

"만약 그 폭탄이 마을에 떨어졌으면 사람이고 짐승이고 모두 죽었을 거래."

동구는 자기에게 총구를 들이대던 미국 군인 얼굴이 떠올랐다. 그 총도 진짜였다. 이상이 있었다면 총알이 확 튕겨 나올 수 있었다. 생각만으로도 몸이 부르르 떨렸다. 동구는 수업이 끝나도록 누렁이가 낳은 세 발 송아지 얘기는 하지 않았다.

수업이 끝나자 우르르 사격장으로 몰려갔다. 동네 어른들이 사격장을 없애야 한다고 사격장으로 몰려갔기 때문이었다. 굵은 철조망을 둥글게 말아 놓은 사격장이 오늘따라 무섭게 보였다. 이 사격장에서 내일 당장 전쟁이 터져도 적을 막을 수 있도록 군인들은 폭격 훈련을 열심히 한다. 하루에 폭탄이 몇 번 터지나 세어보다 그만뒀지만, 400회 이상 폭격을 하고 밤까지 멈추지 않았다.

출입금지
보안 및 안전상의 문제로 민간인의 출입을 통제합니다.

경고
미정부 재산
접근금지

군데군데 서 있는 표지판이 '절대 오면 안 돼.'하고 으름장을 놓는 듯 했다.

아이들 꽁무니에 서서 사격장 앞으로 갔다. 아빠와 엄마, 동철이까지 보였다. 매일 집에만 있던 동철이를 사격장에서 보니 이상했다. 동철이는 어른들을 따라 소리를 지르며 좋아했다. 친구들도 어른들을 따라 소리를 질렀다.

동구는 집에 있는 송아지가 걱정돼 사격장을 빠져 나왔다. 집으로 가는 길에 누렁이가 잘 먹는 민들레며 꽃다지, 뽀리뱅이를 뜯었다.

"음무우우."

동구를 본 누렁이가 긴 혀로 송아지를 쓱쓱 핥으며 자랑했다.

"음매애애."

누렁이처럼 커다란 눈망울을 가진 송아지가 동구를 보고 말을 걸었다. 동구는 노란 민들레꽃이 그득 핀 꽃다발을 누렁이와 송아지 앞으로 내밀었다. 아빠도 동철이 때문에 울기만 하는 엄마를 위해 꺾어온 꽃다발을 화병에 꽂아놓았었다. 그걸 본 엄마가 울음을 그치고 웃었다.

"축하해."

"음무우우."

"음매애애."

누렁이와 송아지가 고맙다고 대답했다.

"누렁아, 비행기에서 떨어지는 폭탄이 우리를 지켜주는 거 맞아?"

"음무우."

그것도 몰라? 에잇 바보. 누렁이가 되레 퉁바리를 줬다.

"음무우, 음무."

너도 어서 사격장으로 가서 폭탄을 떨어뜨리지 말고, 사격을 중단해 달라고 말하라며 동구 등을 떠밀었다. 동구는 꽃다발을 던져주고는 달렸다. 음무우우, 음매애애 누렁이와 송아지의 응원소리가 함께 따라왔다.

물망초

들키면 안 돼. 살금살금 화장실로 갔다. 꾹. 꾹. 꾹. 엄마, 아
빠, 내 칫솔에다 치약을 짜 놓고는 방으로 들어왔다. 할아버
지가 했던 것처럼…….

어? 할아버지다.

교문을 나서던 나는 휘둥그레진 눈을 몇 번이나 끔벅거렸
다. 회사에 계셔야 할 할아버지가 학교에 오다니? 반갑긴 한
데 뭔가 좀 이상했다. 할아버지는 전자부품을 만드는 작은 회
사 사장님이다. 사장님이지만 공장안에서 제품이 제대로 만
들어졌는지 하루 종일 의자에 앉아 검사를 한다. 작은 제품을
보려면 낮에도 백열등 불빛 아래서 돋보기를 쓰고 일을 해야

한다. 눈이 많이 나쁜데도 지금까지 하루도 쉰 적이 없다.

"연욱아, 너랑 같이 갈 데가 있어서 왔다."

"학원가야 하는데요."

"갔다고 하면 되지."

"진짜죠? 할아버지가 책임질 거죠?"

"대신 우리 둘만의 비밀이다."

나는 얼른 고개를 끄덕였다.

횡단보도를 건너고, 꽃집을 지나, 시장 입구 노래방 건물 앞에서 할아버지는 걸음을 멈췄다. 할아버지가 계단을 올라갔다. 설마 노래방을 가려고? 정말 믿을 수 없다.

"연욱아, 이리 와서 내 얼굴 좀 꼬집어 봐라."

할아버지를 본 사장님의 단추 구멍만한 눈이 단박에 커졌다. 사장님은 우리 집 위층에 살아 한 가족처럼 지내고 있다. 사장님이 빈 방으로 우리를 데리고 가면서도 내가 꿈을 꾸는 거냐며 연신 고개를 갸웃거렸다.

"김 사장, 연욱이 노래는 빼고 내가 부르는 노래만 녹음할 수 있지?"

"녹음요?"

마이크를 건네주던 사장님이 되물었다.

"어르신, 오늘 뭐 잘못 드셨어요?"

"어서 나가서 녹음이나 잘 해."

할아버지가 사장님 등을 떠밀었다.

할아버지는 마이크를 들더니 연달아 두 곡을 불렀다. '두만강 푸른 물에 노 젓는 뱃사공'과 '어쩌다 생각이 나겠지. 냉정한 사람이지만'이다. 나도 질 수 없지. 방탄(방탄소년단)의 '소우주'를 불렀다. 할아버지가 탬버린을 흔들며 몸을 흔들었다. 할아버지와 나는 번갈아 가면서 노래를 불렀다. 내가 훨씬 더 불렀지만 말이다.

"녹음은 잘 됐겠지?"

"녹음이야 잘 됐는데, 정말 왜 이러세요?"

"틀림없이 잘 됐지?"

"잘못 됐으면 녹음이야 또 하면 되지요. 그런데 오늘따라 정말 이상하시네."

할아버지는 사장님 물음에 대답 대신 손을 흔들어 뵈고는 노래방을 나섰다. 나도 얼른 할아버지 뒤를 쫓았다. 부르고 싶었던 노래를 실컷 불러서 기분이 완전 좋았다.

"노래방을 갔다 왔으니, 꽃집을 들르자."

"꽃 사게요?"

"미리 주문해 놔서 찾아오기만 하면 된다."

꽃집으로 들어서자 꽃향기가 향긋했다. 장미, 백합, 안개꽃 그리고 이름을 모르는 꽃들이 향기만큼이나 가득 찼다.

"전화로 주문한 물망초를 사러 왔습니다."

"물망초를 주문하셔서 누구신지 궁금했어요. 선물하실 거죠? 예쁘게 포장해드릴게요."

"그래요, 예쁘게 포장해주시구려."

물망초는 하얀 꽃이 핀 작은 풀처럼 생겼는데, 가까이서 보니 참 예뻤다.

"물망초 꽃말이 '나를 잊지 마세요.'란 거 아시죠? 못 잊을 분이 계신가 봐요?"

아줌마가 포장을 하면서 물었다.

"있지요."

"이 꽃다발 받으실 분은 행복하시겠어요."

"매일 줄 수 있으면 참 좋겠습니다."

할아버지 대답에 아줌마가 호호호 웃었다.

"연욱아, 우리 내일 '임진각' 가자."

"우리 둘이서요?"

신이 난 할아버지의 기분을 망치고 싶지 않은 나는 얼른 고개를 끄덕였다. 할아버지와 나만의 두 번째 비밀이 생겼다.

우리 가족은 명절마다 임진각에 간다. 임진각 건너에 할아버지의 고향이 있기 때문이다. 산 고개 너머에는 할아버지가 나보다 더 어렸을 때부터 다녔던 학교가 있고, 그리운 엄마와 동생들이 살고 있다. 전쟁이 터진 그 달에 할아버지의 엄마인 증조할머니는 막내 여동생을 낳았다. 어쩔 수 없이 할아버지 혼자 친척들 틈에 끼어 먼저 피난을 내려왔다. 그게 가족과 마지막이 되고 말았다.

"꽃을 든 남자시네요."

아줌마 얘기처럼 꽃을 든 할아버지가 멋져보였다.

꽃집을 나서자 슬슬 배가 고팠다.

"할아버지, 우리 김밥 먹고 가요."

이번에는 내가 할아버지 팔을 끌고 분식집으로 들어갔다. 김밥 2줄과 어묵 2개를 시켰다. 할아버지는 어묵 국물만 서너 숟가락 떠드시고는 물망초 꽃다발에 얼굴을 대고 향기만 맡았다. 배가 고픈데도 나 많이 먹으라고 일부러 드시지 않는 거다.

"할아버지도 드세요."

"속이 좀 안 좋아서 그런다. 우리 연욱이 많이 먹어라."

"그래도 하나만 드세요. 어서요."

어묵을 입에 넣어드리자 그제야 못이기는 척 한 입 베어 씹었다.

집으로 돌아온 나는 녹음한 노래를 들었다. 노래방에서는 몰랐는데 할아버지 노래 실력이 뛰어났다. 밤새도록 노래를 듣다 잠들었다.

오늘 아침에도 칫솔마다 치약이 짜져 있었다. 누구지? 엄마? 아빠? 할아버지? 오늘 추리는 여기까지. 할아버지가 어서 나오라며 재촉했다. 아빠가 어디 가냐? 꽃다발은 웬 거냐며 할아버지 몰래 물었지만 비밀이라고 대답했다. 대신 물망초 꽃말이 '나를 잊지 마세요.'란 걸 알려줬다. 아빠는 할아버지에게 운전을 해드릴 테니 같이 가게 해 달라고 졸랐지만 바로 거절당했다. 아빠와 엄마는 주차장까지 졸졸졸 따라 나왔다.

할아버지가 차에 시동을 걸었다. 할아버지는 콧노래에 맞춰 운전대 잡은 손가락을 까닥거리며 장단을 맞추었다.

"진달래 좀 봐라. 내 고향에도 진달래가 피었을 거야. 우리

오마니가 저 진달래 꽃잎으로 화전을 부쳐 주셨지. 오마니,
빨리 주시라요. 엄청 졸랐는데······."

할아버지는 고향집 마루에 앉아 엄마가 부치는 화전이 빨
리 되기를 기다리는 아이가 되었다.

"넓은 이마가 불룩 튀어나오고, 종이를 오려붙인 듯한 눈
썹, 긴 인중, 우리 연욱이는 증조할머니를 쏙 빼닮았어. 인중
이 길면 오래오래 산다던데, 우리 오마니는 아직 살아계실
까······."

할아버지의 말끝이 흐려졌다. 할아버지가 할아버지 되었
으니까 할아버지의 엄마는 완전 호호할머니라 벌써 돌아가
셨을 텐데. 증조할머니 얘기를 하는 할아버지는 외롭고 쓸쓸
해 보였다.

"할아버지가 치약 짜 놓은 거죠?"

"누가 짜 놓으면 어떠냐."

"할아버지네."

"글쎄다."

할아버지가 시치미를 뚝 떼며 대답했다. 할아버지 얼굴은
여전히 슬퍼보였다.

"이 꽃다발은 누구 드릴 거예요? 임진각에서 만나기로 했

어요?"

"우리 오마니는 추운 겨울날이면 아궁이 앞에다 내 신발을 세워놓고 따뜻하게 덥혀주시고, 아랫목 이불 속에다 옷이며 버선을 넣어주셨어. 하루도 거르지 않고 말이야. 이제야 그 고마움을 깨달았는데, 난 보답할 길이 없구나."

내 물음에 대답은 안 하고 증조할머니 얘기로 다시 돌아갔다. 할아버지는 고향집 뒷산 쌍둥이 무덤에서 총싸움하던 동무 얘기며, 단옷날 그네를 가장 높이 뛰었던 탱자나무집 순애 얘기를 할 때는 개구쟁이 아이가 되었다.

"이 꽃다발 누구 줄 거냐고요?"

"가보면 안다."

할아버지는 절대 얘기해주지 않겠다는 듯 입술을 꾹 다물었다. 할아버지 입 꼬리가 슬그머니 올라갔다.

40분을 달려 임진각에 도착했다. 개구쟁이 아이는 벌써 강을 헤엄치고, 산을 뛰어넘어 고향으로 한달음에 달려갔다. 오마니, 우리 오마니 부르며 마당으로 뛰어들었다.

"이 다음 세상에는 자유롭게 하늘을 훨훨 나는 새로 태어났으면 좋겠다. 우리 오마니는 뭘 하고 계실까? 진달래 꽃잎을 얹은 화전을 만들어 놓고 나를 기다리고 계실지도 몰라.

내가 새라면 지금 당장이라도 오마니 곁으로 날아갈 수 있으련만……."

할아버지는 혼잣말처럼 중얼거렸다.

"이제는 이렇게 늙어버린 날 알아보지도 못 하겠지. 오마니, 제가 오마니의 첫째 아들 형인입니다. 오마니, 정말 보고 싶어요."

늙은 아이는 하염없이 눈물을 흘리며 고향을 바라보았다. 나는 할아버지의 눈물을 닦아주고 싶었지만 모른 척 딴청을 피웠다.

"오마니, 물망초 꽃말이 '나를 잊지 말아요.'랍니다. 오마니, 절 잊지는 않으셨갔지요? 절 잊지 마시라요……."

할아버지 울음소리가 그칠 때까지 기다렸다.

돌아오는 차 안에서 낮게 가라앉은 할아버지의 기분을 살리기 위해 어제 녹음한 노래를 틀었다. 할아버지 얼굴에 웃음이 피어나서 다행이었다.

"연욱아, 부탁이 하나 있다."

"뭔데요?"

"나 죽거든 이 노래를 틀어다오. 신나서 좋다. 난 우는 거

108

싫다."

"이상한 말하기 없기에요."

"사람은 누구나 죽는 법이다."

"자꾸 그런 말하시면 진짜 화낼 거예요."

내가 흘겨보자 할아버지는 피식 웃으며 입을 다물었다.

집에 도착하자마자 할아버지는 피곤하다며 바로 잠자리에 들었다. 얼마나 고단했으면 저녁밥도 거른 채 주무셨다. 아빠와 엄마가 어디 갔다 왔는지 꼬치꼬치 캐묻는 바람에 나도 얼른 방으로 들어와 버렸다.

다음 날 우리 집은 발칵 뒤집히고 말았다. 할아버지가 회사가 아닌 병원으로 실려 갔기 때문이었다. 암. 그것도 위암 말기였다. 수술조차 할 수 없는 상태였다. 할아버지는 며칠 동안 병원에 계시다 집으로 돌아왔다. 그 사이 몰라보게 살이 빠진 할아버지는 자리에 누워만 계셨다.

"연욱아?"

할아버지 입에다 내 귀를 갖다 댔다.

"오른쪽 문갑을 열고 상자를 가져오너라."

난 얼른 문갑을 열고 상자를 꺼내왔다. 우리 엄마가 종이

공예를 배울 때 처음으로 만든, 진달래가 곱게 핀 상자였다. 뚜껑을 열자, 누렇게 색이 바랜 물건들이 가지런히 놓여 있었다. 꽃이 수놓인 버선 한 짝, 장갑 한 짝, 신발 한 짝⋯⋯. 모두 짝을 잃어버린 짝짝이 물건이었다.

"연욱아, 네가 내 대신 보관하고 있다가 제 짝을 찾아주면 좋겠다. 이 모든 짝은 북쪽 우리 집에 있을 거야."

"⋯⋯."

"임진각에 함께 가 줘서 정말 고마웠다."

나도 모르게 눈물이 나오고 말았다.

"울지 말거라. 나는 기쁜 마음으로 고향집에 갈 테니까 울지 마."

"할아버지."

"내가 죽으면 울지 말고 이 테이프를 들어주렴. 약속이다. 우리 연욱이가 내 곁에 이렇게 있어 정말 좋다."

너무 많은 말을 해서 피곤한지 할아버지가 눈을 감았다. 나는 상자를 들고 방을 나왔다.

그렇게 한 달이 지난 날 할아버지는 하늘나라로 떠나셨다. 활활 타오르는 불꽃 속으로 할아버지가 들어가셨다. 엄마가 아빠 품에 안겨 울었다. 아빠 볼에도 눈물이 주르륵 흘러내렸다.

'치약 짜 놓는 범인은 할아버지였어요. 할아버지는 거짓말쟁이야.'

먼저 떠난 할머니 곁에 있게 된 할아버지가 사진 속에서 활짝 웃었다.

할아버지를 할머니 곁에 두고 마당으로 나왔는데 배쫑배쫑 하얀새가 울었다. 하얀 새는 나뭇가지에 앉아 인사라도 하듯 고개를 까닥까닥했다.

'할아버지, 나를 잊지 말아요.'

내가 손을 흔들자, 하얀 새는 푸드덕, 북쪽 산 하늘을 향해 날아갔다.

꽃샘바람

쿵쿵, 요코는 작은 코를 발름거렸어요. 부엌에서 고소한 냄
새가 솔솔 풍겼거든요. 오늘도 유모는 어떤 맛난 걸 만들고
있을까요. 유모가 음식을 가져올 때까지 도저히 참을 수 없
어요. 배가 고파 부엌을 기웃거렸어요.

"요코 아가씨?"

놀란 유모가 달려와 요코의 손을 잡아 의자에 앉혀 주었
어요.

"유모, 맛있는 냄새가 나."

"화전이에요. 아- 해 보세요."

요코는 입을 쫙 벌렸어요.

"참꽃 맛이 나!"

"네네, 요코 아가씨 입술처럼 붉고, 요코 아가씨 볼처럼 보드라운 참꽃이 피었더라고요. 한 번 만져 볼래요?"

요코는 유모가 손에 쥐여 준 꽃잎을 만졌어요. 동생 히데키의 볼처럼 보들보들해요. 요코가 히데키를 만지기라도 하면 새엄마는 '안 돼.' 고함을 치며 요코를 확 밀쳐버려요. 아빠가 있을 때는 히데키의 작은 발을 만지작거려도 가만있으면서요.

"이 역겨운 냄새는 뭐지?"

새엄마 목소리가 밤송이 가시처럼 날카로워요. 요코는 자리에서 발딱 일어섰어요. 심장도 덩달아 콩콩콩 뛰었어요. 아무 때나 부엌에 들락거리지 말라고 새엄마가 야단쳤던 기억이 났어요. 유모가 얼른 요코 앞으로 다가섰어요.

"마님, 화전을 좀 부쳤는데 드셔보세요."

"누가 그 따위 조센징들이나 먹는 걸 먹는대? 아휴, 이 역겨운 냄새, 이러니 내가 조선에서 어떻게 살겠어. 으이그 지겨워, 당장 치워."

"죄송합니다. 마님, 잘못했습니다."

"유모, 이걸 주재소 소장님 댁에 드리고 와. 아주 중요한 서류니까 직접 전달해드려야 해. 지금 당장 가."

유모가 허둥지둥 심부름을 갔어요.

새엄마는 조센징들은 하나같이 더러워서 얼굴을 쳐다볼
수 없고, 일 년에 한 번 목욕이나 했는지 역겨운 냄새 때문
에 토할 것 같다며 화를 냈어요. 미개한 나라를 발전시키러
온 대일본제국의 은혜를 원수로 갚는 배은망덕한 조센징이
라며 욕도 했지요. 그러더니 요코에게 그 따위 조센징들이나
먹는 음식이 맛있으면 계속 조선에서 살라며 잔소리를 퍼붓
고는 부엌을 나갔어요. 아빠가 있었다면 다정한 목소리로 화
전을 많이 먹으라면서 머리를 쓰다듬어주었을 테죠. 아빠는
병원일로 늘 바빠요. 요코는 자리에 앉아 유모가 돌아오기를
기다리며 남은 화전을 먹었어요.

응애응애응애, 히데키가 왜 저렇게 울지? 어디 아픈가? 새
엄마가 옆에 없나 봐. 당장이라도 히데키의 숨이 넘어갈 것
같아요. 요코는 자리에서 벌떡 일어나 안방으로 갔어요. 다
행히 방문이 열려 있네요.

"히데키, 히데키, 왜 우니?"

이름을 불러도 히데키는 자지러지게 울어요.

"히데키?"

커다란 베개가 히데키 배 위에 놓여 있어요. 요코가 얼른

베개를 들어 올렸어요.

"요코!"

갑자기 바위처럼 무거운 아빠 목소리가 들리더니 베개를 움켜쥔 요코의 뺨을 세차게 때렸어요. 화끈거리는 뺨을 어루만질 수 없을 만큼 놀란 심장이 쿵쿵쿵쿵 마구 뛰었어요.

"보셨죠? 제 말을 믿지 않으시더니. 흐흐흑."

"요코, 그렇게 히데키가 미웠니?"

아빠 목소리는 분노로 이글이글 타올랐어요.

"아빠, 난 히데키가 좋아요."

"그럼, 왜 히데키를 베개로 누르려 했니?"

"아니에요. 히데키 배 위에 베개가 놓여있어 제가 치운 거예요."

"거짓말!"

새엄마가 울면서 소리쳤어요. 새엄마는 왜 이리 슬피 우는 걸까요? 어찌나 슬피 우는지 요코도 따라 울고 싶어졌어요.

"전 이 아이와 1분 1초라도 함께 있고 싶지 않아요. 조금만 늦었다면 우리 히데키가…, 생각만 해도 끔찍해요. 일본으로 가겠어요. 여기 계속 있다가는 우리 히데키가 죽고 말거예요."

울고 있었지만 뭔가 기쁨이 담긴 목소리로 새엄마는 말했어요. 지금 요코 앞에는 아주 끔찍하고 무서운 일이 벌어지고 있어요. 요코는 모르고 새엄마만 아는 일, 아니 요코도 알고 새엄마도 아는데 아빠만 모르는 일…….

"요코, 사실대로 말하면 용서해 주겠다. 누가 시켰니?"

"히데키가 울어서 왔어요. 정말이에요."

"넌 히데키를 죽이려 했어."

"히데키가 울어서 달래러 왔다고요."

"그만!"

아빠의 고함소리에 억울한 요코는 온 몸을 부들부들 떨며 아아악 소리를 질렀어요. 아빠는 새엄마 말만 믿고 있어요. 새엄마 말은 틀렸는데, 새엄마 말이 사실이라고 우기고 있어요.

"그런다고 누가 봐 줄줄 알아? 누가 시켰니?"

"아니야, 아니라고. 난 히데키가 울어서 달래러 온 거야."

"너 안 되겠구나."

아빠의 커다란 손이 요코의 등짝을 내려쳤어요. 등짝보다 가슴이 더 아파서 방바닥을 구르며 더 크게 악을 썼어요.

"당신 말대로 요코가 삐뚤어진 것도 이놈의 조선 땅 때문이야. 본토(일본 땅)라면 우리 요코를 착하게 키울 수 있을 거요. 그렇지 않아도 전쟁이 어렵게 돌아간다니, 요코랑 먼저 본토로 들어가 있구려."

"싫어요. 저 아이가 히데키에게 한 짓을 보고도 함께 가라고요? 저와 히데키를 선택하든지, 저 아이를 선택하든지 당신 마음대로 하세요. 전 히데키와 당장 떠나겠어요."

새엄마가 방문을 꽝 닫고 나갔어요. 아빠가 새엄마를 부르며 따라 나갔어요. 요코만 남겨놓고 본토로 가려는 건지 몰라요. 새엄마와 히데키와 아빠 세 명만요. 한 번도 가본 적 없는 본토는 어떤 곳일까요. 조선에서 태어나고 조선에서 10년을 산 요코는 본토로 가고 싶지 않아요. 그냥 조선에서 유모와 함께 살고 싶어요.

"꼴도 보기 싫다!"

언제 다시 방으로 들어왔는지 새엄마가 요코를 확 밀쳤어요. 요코는 무서웠어요. 너무 무서워 숨도 쉴 수 없었어요.

"유모, 당장 이 애를 내 눈앞에서 치워버려."

새엄마의 심부름을 다녀 온 유모가 바들바들 떨고 있는 요코를 데리고 방에서 나왔어요. 새엄마는 지금처럼 이 애, 저

애라고만 불렀지, 단 한 번도 요코의 이름을 불러주지 않았어요.

"유모, 난 억울해. 진짜 억울해. 난 아냐. 난 히데키가 울어서 달래주려 했을 뿐이야. 유모 난 진짜 억울해."

"말하지 않아도 다 압니다."

유모가 요코의 등을 토닥토닥 두드려 줬어요. 입술을 비집고 울음이 터져 나왔지만 새엄마가 들을까봐 유모 품에 안겨 숨죽여 울었어요. 요코를 낳다 하늘나라로 간 엄마에게도 유모에게서 나는 고소한 냄새가 났을 거예요.

"유모, 유모도 나처럼 억울한 적 있어?"

"그럼요. 억울하지요. 억울하고말고요. 조선 사람들은 다 억울하지요."

"나만큼은 아니야."

요코는 고개를 흔들며 말했어요.

"억울하고 아픈 건 크기를 따질 수 없답니다."

"왜?"

"칼에 베어도 안 아플 때가 있고, 말만 들었는데 온 몸이 부서질 듯 아플 때가 있으니까요."

"그래도 나보다는 억울하지 않을 거야."

요코는 눈에 남은 눈물을 닦으며 말했어요.

"주재소 갔다 오는 길에 광일이를 만나서 데려왔는데, 뒷산으로 참꽃 구경 갔다 오실래요? 전 마님도 시중들고, 아기씨도 봐야 해서요."

"응."

"봄바람이 요란하니까 옷을 잘 여미셔야 합니다."

"알았어."

유모가 요코의 앞섶을 단단히 여미고는 밖으로 데려갔어요.

사나운 꽃샘바람이 요코 머리카락을 마구 흩트렸어요. 심술쟁이지만 꽃샘바람은 고마운 바람이라고 유모가 알려줬어요. 바람이 나뭇가지를 마구 흔들어야 뿌리에 있던 물기가 가지 끝까지 쭉쭉 올라갈 수 있대요. 그래야 가지 끝마다 새순이 돋고, 꽃봉오리를 맺게 되지요.

"광일 오빠?"

요코는 주위를 살피며 광일 오빠를 불렀어요. 기다렸다는 듯 광일 오빠가 절뚝거리는 걸음으로 다가왔어요. 요코는 얼른 광일 오빠 손을 꼭 잡았어요.

"광일아, 아가씨 손을 꼭 잡고 다녀야 한다. 절대 놓치면 안 돼."

잡힌 손을 빼내려는 광일 오빠에게 유모가 으름장을 놓았어요. 요코는 얼른 오빠 손을 끌며 종종걸음을 쳤어요.

"바람은 고마워."

"……."

"나무가 오빠 손바닥처럼 꺼칠꺼칠해."

요코는 오빠 손바닥을 엄지로 문지르며 오른손으로는 나무껍질을 만졌어요. 광일 오빠는 간지러운지 손을 비틀었어요.

조선은 참 아름다워요. 햇볕 쨍쨍한 여름에는 유모를 따라 개울에 가요. 유모는 빨래를 하고, 요코는 옆에 앉아 찰방찰방 물장구를 치지요. 햇볕이 그득 내려앉은 시냇물로 얼굴을 씻고 목덜미를 씻으면 더위가 성큼 물러가지요. 가을에는 광일 오빠와 광식이, 광숙이와 함께 뒷산으로 가요. 뒷산에는 뾰족뾰족 가시를 단 밤송이가 입을 떡 벌린 채 요코를 기다리고 있지요. 입으로 떫은 껍질을 벗겨낸 알밤을 오도독오도독 씹어 먹으면 아주 맛나요. 겨울이면 알밤을 구워먹지요. 군밤 생각을 하니 침이 꼴깍 넘어가네요. 그런데 유모네는 방에 있어도 몸이 덜덜 떨려요. 구멍이 숭숭 뚫린 창호지로 우르르 몰려온 칼바람이 제 집인 양 자리 차지를 해 버리

거든요.

"너, 본토로 간다며?"

"아니. 새엄마만 갈 거야."

"가야 할 걸."

"안 가."

요코가 앙칼지게 쏘아붙였어요.

"어, 잠깐만… 너, 여기서 꼼짝 말고 기다려."

광일 오빠가 요코 손을 뿌리치더니 후다닥 달음질을 쳤
어요.

"오빠, 오빠?"

팔을 휘저으며 오빠를 불렀지만 대답이 없어요.

"쪽바리다!"

"누구야?"

"웬일로 혼자 나왔네. 잘 됐다. 혼 좀 내 주자."

맞장구치는 소리와 함께 돌멩이가 날아왔어요. 두 팔로 머
리를 감싼 요코는 비명을 지르며 주저앉았어요.

"왜 때려? 때리지 마."

"맞을 짓 했으니까 때린다. 왜?"

"난 잘못한 게 없어."

"우리 조선을 강제로 빼앗았잖아."

"내가? 난 아냐."

요코는 억지를 부리는 애들 때문에 몹시 화가 났어요.

"전쟁을 일으킨 왜놈 쪽바리가 우리 형을 전쟁터로 끌고 갔어."

"우리 누나도 강제로 끌려갔어."

"잘못했다고 빌어. 어서 빌어."

아이들 목소리는 점점 커졌어요. 아악, 커다란 돌멩이가 요코의 등을 맞혔어요. 너무 아파요.

"그만해."

광일 오빠예요.

"서광일 비켜라."

"요코 때문이 아니잖아."

요코는 얼른 광일 오빠의 손을 잡았어요.

"광일이 네 다리가 그렇게 된 것도 저 쪽바리 아버진가 뭔가 하는 의사 때문이라며?"

"그만 해."

"쪽바리 의사가 돈이 없다고 치료를 늦게 해 준 거잖아. 치료비 대신 너희 엄마가 죽을 때까지 식모살이 하는 게, 넌 억울하지도 않냐?"

억울하다는 말이 요코 가슴에 못이 되어 박혔어요. 유모가 조선 사람들은 모두 억울하다고 했던 말이 떠올랐어요.

끝내 광일 오빠가 비켜서지 않자, 화가 난 아이들이 한바탕 욕을 퍼붓고는 돌아갔어요.

"오빠, 우리 일본이 조선을 강제로 뺏은 거야?"

"그래."

"전쟁을 일으켜 사람들을 강제로 끌고 간 거 맞아?"

"그래."

"그래서 유모도 오빠도 억울한 거야?"

"그래."

오빠 대답은 등을 맞힌 돌멩이보다 더 아프게 요코의 가슴을 때렸어요. 아무도 요코에게 이런 말을 해 주지 않았어요. 말해줬대도 새엄마 말만 믿는 아빠처럼 요코도 믿지 않았을 테죠.

"요코야, 괜찮아? 많이 아팠지? 미안해."

"맞아, 오빠 나빠. 왜 나 혼자 두고 갔어. 오빠 나빠. 유모에게 다 이를 거야."

요코는 자신의 손을 놓아버린 오빠에게 화가 나서 마구 소리쳤어요.

그때였어요. 유모가 광일 오빠 이름을 부르며 허둥지둥 달려왔어요. 아빠가 급히 찾는다며 다급하게 요코의 손을 끌었어요. 오빠에게 하고 싶은 말도 못 한 채 병원으로 달려갔어요.

여전히 화가 난 아빠가 요코에게 명령을 내렸어요.

"새엄마에게 잘못했다고 무조건 빌어라."

"싫어요. 전 잘못하지 않았어요."

"잘못이 없어도 무조건 잘못했다고 빌어."

요코 어깨를 움켜쥔 아빠 손이 요코의 온 몸을 흔들었어요.

"싫어요. 올바르지 못한 일은 절대 하지 말고, 그걸 알고도 하는 건 비겁하다고 아빠가 말했잖아요. 저에게 비겁한 일을 시키지 마세요. 그러면 전 더 억울해질 테니까요. 억울하면 마음이 너무너무 아파요. 유모처럼요."

요코는 울며 말했어요.

"유모가 억울하다고 말하든?"

"아니에요. 유모는 아무 말도 안했어요."

"시끄러워! 조센징인 유모 말을 믿다니."

"난 유모가 좋아요."

"감히 우리 요코를……, 유모를 당장 주재소로 넘겨버려야 겠다. 유모?"

씩씩거리는 아빠가 유모를 불렀어요. 그러더니 주재소에 다 전화를 걸어 순사를 보내달라고 말했어요.

"아빠, 제가 잘못했어요."

"새엄마에게 빌어라. 그러면 유모를 용서해 주겠다."

"빌게요."

요코는 눈물을 흘리며 대답했어요. 요코는 알고 있어요. 요 코가 용서를 빌어야 할 사람은 새엄마가 아니라 유모와 광일 오빠라는 걸요.

병원 문을 열고 나오자 유모가 요코 손을 꼭 잡았어요.

"유모, 유모는 여기에 그대로 있을 거지?"

"그럼요. 여기서 언제까지나 있을 겁니다."

"약속한 거야. 유모는 우리 엄마처럼 하늘나라로 가 버리 면 절대 안 돼. 내가 다시 조선으로 올 때까지 기다리고 있어 야 해."

"그럼요. 기다리고말고요. 여름이 지나면 가을이 오고, 가을이 지나면 겨울이 오고, 겨울이 지나면 봄이 오지요. 내년에도 그 다음해에도 봄은 틀림없이 온답니다. 우리 요코 아가씨에게도 따뜻한 봄이 올 거예요. 반드시요."

"유모, 내가 잘못했어. 우리 아빠 대신 유모에게 용서를 빌게. 제발 용서해 줘. 광일이 오빠에게도."

요코는 무릎을 꿇고 유모에게 빌었어요.

"요코 아가씨, 어른이 된 후에도 이 마음 변치 말아 주세요. 변하지 않겠다고 약속해 주세요."

"약속할게."

"그러면 됩니다. 그러면 되고말고요."

유모 입에서 나오는 말이 요술을 부렸는지 요코의 억울한 마음이 봄눈 녹듯 사르르 녹아내렸어요.

휘이잉, 꽃샘바람이 어서 새순을 틔우라고 어서 꽃을 피우라고 나뭇가지를 보채는 소리가 들려오네요. 요코에게 달려온 꽃샘바람이 참꽃을 피우라고 속삭여요.

한국 전쟁 역사동화집
소년과 늑대

초판 1쇄 발행일 2020년 12월 24일

펴낸이	박인애
지은이	장경선
그린이	최효은
편 집	박인애
디자인	여현미

발행처	구름바다
등록일	2017년 10월 31일
등록번호	제406-2017-000145호
주 소	파주시 노을빛로 109-1 301호
전 화	031-8070-5450, 010-4301-0736
팩스	031-5171-3229
전자우편	freeinae@icloud.com
인쇄	(주)공간코퍼레이션

ⓒ 장경선 최효은

ISBN 979-11-962493-9-7 (03810)
값 12,000원